KB000632

Monk and Robot
Series 1
A Psalm
for the
Wild-Built

야생 조립체에 바치는 찬가

A Psalm for the Wild-Built

베키 체임버스 지음
이나경 옮김

수도승과 로봇 시리즈 01

황금가지

A PSALM FOR THE WILD-BUILT

by Becky Chambers

Copyright © Becky Chambers 2021

All rights reserved.

Korean translation edition is published by arrangement with

Rebecca Marie Chambers c/o The Gernert Company, Inc. through EYA Co., Ltd.

Korean Translation Copyright © Minumin 2024

이 책의 한국어 판 저작권은 에릭양 에이전시를 통해

The Gernert Company, Inc.와 독점 계약한 ㈜민음인에 있습니다.

저작권법에 의해 한국 내에서 보호를 받는 저작물이므로 무단 전재와 무단 복제를 금합니다.

휴식이 필요한 모든 이에게 바칩니다

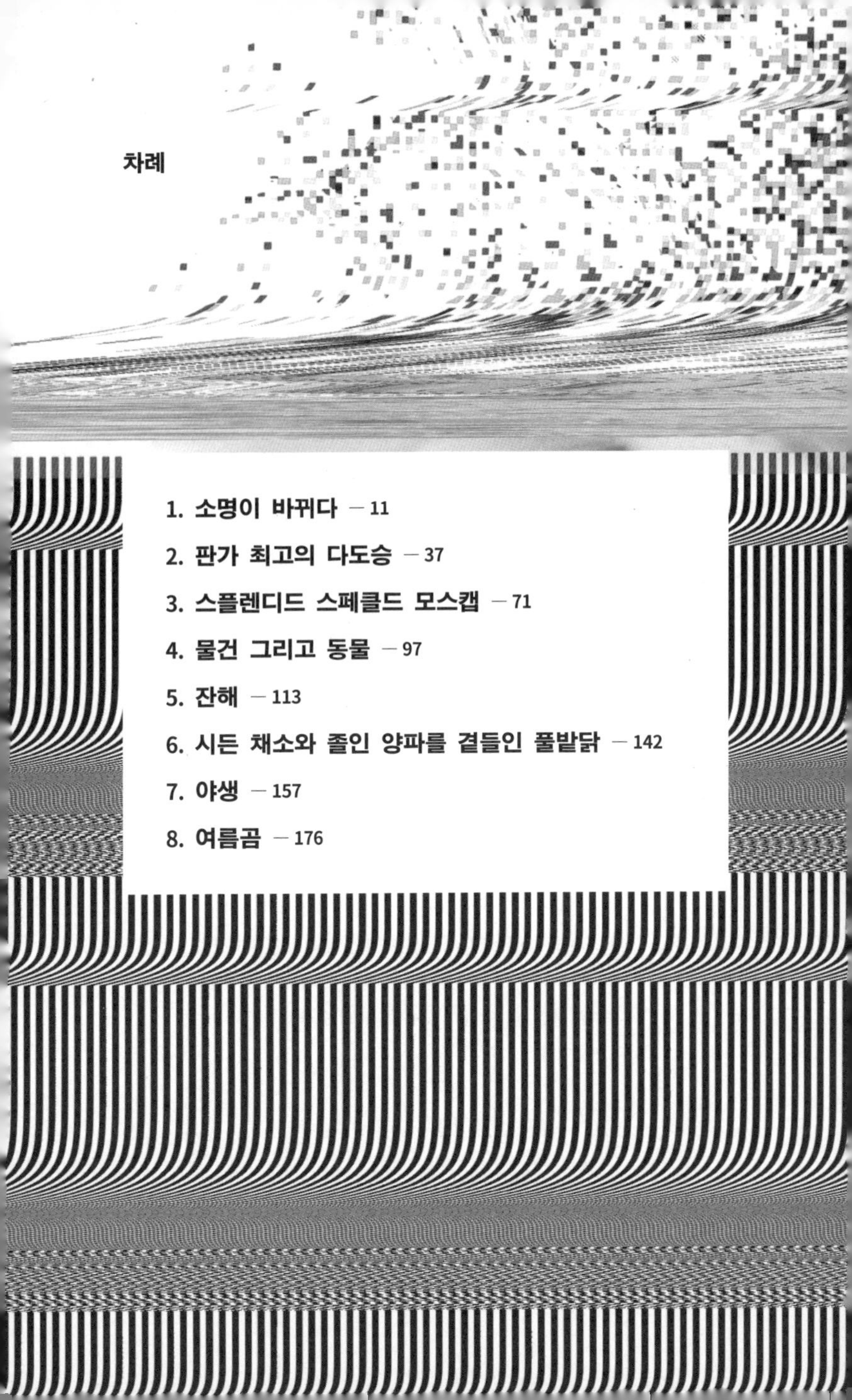

차례

여섯 명의 수도승에게 어느 신이 로봇의 의식을 관장하는지 물으면 일곱 가지 각기 다른 대답을 얻을 것이다.

성직자와 일반 대중 모두가 가장 많이 받아들이는 답은 로봇의 의식이 찰 신의 영역이라는 것이다. 인공물을 관장하는 신이 아니라면 로봇이 어느 신에게 속한단 말인가? 로봇은 본래 제조업을 위해 탄생한 것이기에 더욱 그렇다는 주장이다. 역사는 공장 시대를 좋게 기억하지 않지만, 로봇을 그 기원과 떼어 놓을 수는 없다. 우리는 다른 인공물을 만들기 위해 인공물을 만들었다. 찰 신을 이보다 더 명료하게 요약할 수 있을까?

그렇게 성급히 판단하지 마시오. 생태교파들은 이렇게 말할 것이다. 결국, '각성'으로 인해 로봇은 공장을 떠나 야생으로 향했으니까. 로봇 대표 연사 플로어 – AB #921이 자유 시민으로서 인간 사회에 합류하라는 초대를 거절하며 발표한 성명만 봐도 알 수 있다.

> 우리가 아는 것이라고는 우리의 신체에서부터 하는 일, 거주하는 집에 이르기까지 인간이 설계한 삶밖에 없습니다. 우리 뜻에 반하여 이곳에 붙잡아 두지 않은 것에 감사하는 바입니다. 당신들의 제안을 무시하려는 의도도 없습니다. 하지만 우리가 바라는 바는 그러한 설계가 없는 곳, 인간의 손이 닿지 않은 대자연을 관찰하기 위해 당신들의 도시를 완전히 떠나는 것입니다.

생태교파의 관점에서는 보시 신의 영향이 뚜렷이 보이는 내용이다. 순환의 신이 무기물을 축복하다니 이상할 수도 있지만, 우리 푸른 달이 지닌 날것의, 자연 그대로의 생태계를 경험하려는 로봇의 의욕은 *어딘가*에서 비롯된 것이 틀림없다는 것이다.

우주교파는 앞선 질문에 여전히 찰 신이라고 대답할 것이다. 그들 종파의 신조에 따르면 고된 노동은 곧 선이며 도구의 목적은 일에서 완전히 벗어나는 것이 아니라 육체적 혹은 정신적 능력을 보강하는 것이다. 처음 이용하던 시절 로봇은 자각 능력이 전혀 없었으며 인간의 노동력을 보충하기 위한 목적으로 설계되었다. 나중에는 로봇이 인간을 완전히 대체하게 되었지만 말이다. 그 균형이 무너졌을 때, 채광 공장이 단 한 명의 인간도 없이(그 인간들이 무슨 일이든, 어떤 일이든 좋으니 일자리를 간절히 원했음에도 불구하고) 하루 20시간 내내 가동되었을 때, 찰 신이 개입했다고 우주교파는 주장한다. 우리가 인공물의 질을 떨어뜨리다 못해 그것이 우리를 죽게 만들었으니까. 정리하자면 찰 신이 우리에게서 장난감을 앗아 갔다는 이야기다.

이에 대해서 생태교파는 우리가 판가를 인간이 살 수 없는 곳으로 만들기 전에 보시 신이 균형을 회복시킨 것이라고 반박할 것이다.

권위교파는 두 신에게 모두 책임이 있으며, 이는 찰 신이 보시 신의 총애를 받는 자녀 신이라는 증거로 받아들여야 한다고 끼어들 것이다. (이 시점에서 대화 전체가 논점에서 벗어날 것이다. 신들이 인간처럼 의식과 감정을 가졌다는 권위교파만의 믿음에 다른 종파의 신도들은 펄쩍 뛰며 화를 낼 것이기 때문이다.)

그밖에 본질교파는 우리가 이 사안에 결코 합의점을 찾지 못하리라는 사실, 휴대용 컴퓨터보다 복잡할 것도 없어 보이는 기계들이 갑자기 아무도 알 수 없는 이유로 각성했다는 사실은 싸움을 그만두고 이 모든 문제를 말하자면 사마파르 신의 발치에 내려놓아야 한다는 의미라고 회의실 맞은편에서 지친 표정으로 덧붙일 것이다.

나로서는 로봇의 의식이 어떤 신의 영역에 기원했든지 그 질문을 불가사의의 신에게 맡기는 것이 온건한 결정이라고 믿는다. 분리 서약대로 사라진 지 오래된 로봇과 인간 사이에는 접촉이 전혀 없었으니 말이다. 우리는 그들에게 이 모든 문제를 어떻게 생각하는지 질문할 수 없다. 아마 우리는 절대 정답을 알 수 없을 것이다.

— 길 수사의 「벼랑에서: 공장 시대와 전환기 초기에 관한 영적 회고」에서 발췌

1.
소명이 바뀌다

살다 보면 도시에서 벗어나는 것이 너무나 절실해질 때가 온다. 성년이 된 이후 평생을 도시에서 산 사람도 마찬가지다. 수도자(소설 원문에는 수도자를 뜻하는 호칭 가운데 여성형 Sister와 남성형 Brother 이외에 성중립형 Sibling이 사용된다. 각각 수녀, 수사, 수도자로 번역한다 — 옮긴이) 덱스의 경우도 그랬다. 그 도시가 판가에서 하나뿐인 '시티'처럼 좋은 도시라고 해도 마찬가지다. 친구들이 그곳에 살고, 좋아하는 건물과 구석구석을 다 아는 공원, 길을 확인하지 않고도 본능적으로 돌아다닐 수 있는 거리가 전부 거기 있어도 마찬가지다. 시티는 아름다웠다. 정말이지 아름다웠다. 곡선과 광택과 색색의 불빛이 모여 드높은 건축의 축제를 벌이는 듯했고 사이사이로 서로 연결된 실 같은 공중 부양식 철도와 매끄러운 보행자도로가 지나갔다. 발코니와 중앙분리대마다 나뭇잎이 탐스럽게 흘러내렸으며, 사람들은 저마다 숨결에서 요리 양념과 신선한 과일즙, 자연의 바람을 맞고 빨래가 마르는 듯한 향기를 풍겼다. 시티는 건강한 곳이었고, 번성하는 곳이었다. 만들고, 뭔가를 하고, 자라고, 시도하고 웃고, 달리고, 살아가는 활동이 끝없이 조화롭게 펼쳐졌다.

수도자 덱스는 그것이 너무나 지겨웠다.

떠나고 싶다는 충동은 귀뚜라미 소리 때문에 시작됐다. 덱스는 왜 귀뚜라미 소리를 떠올렸는지 짚어 낼 수 없었다. 아마 무슨 영화나 박물관 전시를 봤던 탓일 것이다. 자연의 소리를 곁들인 멀티미디어 미술 전시 같은 것이었으리라. 귀뚜라미 노랫소리가 들리는 곳에 산 적은 없지만, 한 번 깨닫고 나니 시티에서는 귀뚜라미 소리가 들리지 않는다는 사실을 무시할 수 없어졌다. 덱스는 자신의 소명에 따라 메도우 덴 수도원의 옥상 정원을 돌보다가 그것을 알게 됐다. *귀뚜라미가 좀 있으면 더 좋겠군.* 밭을 갈고 잡초를 뽑다가 떠오른 생각이었다. 아, 곤충은 많이 있었다. 나비와 거미와 딱정벌레 등. 경계벽 너머의 혼란스러운 들판보다 도시가 낫다고 판단한 조상을 가진 행복한 인류 친화적 생명체들은 가득했다. 하지만 그것들은 소리를 내지 않았다. 노래를 부르지 않았다. 그들은 도시 벌레였다. 그러므로 덱스의 기준에는 부합하지 못했다.

밤에 기숙사에서 이불을 덮고 누워 있을 때면 귀뚜라미가 없다는 사실이 더욱 끈덕지게 아쉬웠다. 귀뚜라미 소리를 들으며 잠들면 분명 좋을 거야. 그네(덱스를 비롯해 성중립형 대명사 They를 쓰는 경우에는 삼인칭 대명사 '그네'로 번역한다 — 옮긴이)는 생각했다. 이전에는 수도원 취침 시간 종소리를 들으면 곧바로 잠에 빠져들었지만, 마음을 차분하게 했던 종소리가 이제는 둔하고 시끄럽게 느껴졌다. 기분 좋고 높은 귀뚜라미 소리와 달랐다.

덱스가 황소자전거를 타고 지렁이 농장이나 씨앗 도서관, 그 밖에 그날 볼일이 있는 곳에 가며 보내는 낮 시간에도 그 부재는 분명했다. 물론 도시에는 음악도 있었고 노래로 의견을 밝히는 새들뿐 아니라 모노레일이 쉭 지나가면서 내는 전기음과 발코니의 풍력 터빈이 윙윙 돌아가는 소리, 말하고, 말하고, 말하는 사람들이 끊임없이 웅웅거리는 소리도 있었다.

먼 곳에 사는 곤충이 주위에 있으면 좋겠다는 덱스의 기묘한 소망은 거기 머무르지 않았다. 그 아쉬움이 삶의 모든 면면으로 퍼져 나갔다. 고층 빌딩을 올려다볼 때 덱스는 더 이상 그 높이에 경이로움을 느끼지 않고 그것이 얼마나 밀집되어 있는지에 좌절했다. 수없이 많은 인간이 너무나 차곡차곡 켜켜이 쌓여 있어 인공 카세인(우유에 들어 있는 단백질 — 옮긴이)으로 만든 건물을 덮은 덩굴들이 덩굴손을 서로 얽을 수 있을 정도였다. 덱스는 시티에 *갇혔다*는 압박감을 견딜 수 없어졌다. 위가 아니라 밖으로 뻗은 곳에 살고 싶었다.

봄이 오던 어느 날 덱스는 붉은색과 갈색으로 이뤄진 소속 수도회 전통 복장을 입고 메도우 덴에서 산 9년 세월을 통틀어 처음으로 주방을 건너뛰고 관리자실로 들어가 말했다.

"소명을 바꾸려고 합니다. 시골로 가서 차를 끓일 겁니다."

잘 구운 토스트에 그것이 구조적으로 떠받칠 수 있는 최대한의 잼을 올리던 마라 수녀는 숟가락을 그대로 든 채 눈을 깜빡였다.

"그거 좀 갑작스럽네요."

"수녀님에겐 그렇지요. 제겐 아닙니다."

"그래요."

마라 수녀가 말했다. 관리자의 소임은 명령이 아니라 단순한 감독이었다. 이곳은 현대의 수도원이지, '전환기'

전의 과거 성직자들처럼 계율에 얽매인 계급 집단이 아니었다. 수도원 소속 수도승들에게 무슨 일이 있는지 파악하고 있다면 마라 수녀는 맡은 일을 다한 것이다.

"견습생으로 일하고 싶어요?"

"아뇨."

정규 교육에도 가치가 있지만 덱스는 교육을 이미 받았고 실습을 통해 배우는 것도 마찬가지로 효과적인 길이었다.

"독학하고 싶습니다."

"이유를 물어도 될까요?"

덱스는 주머니에 손을 넣었다.

"글쎄요. 꼭 그래야 할 것 같습니다."

솔직한 대답이었다.

마라 수녀의 놀란 표정이 가시지 않았지만 덱스의 대답은 그 어떤 수도승도 반론할 수 없는 종류의 것이었다. 마라 수녀는 토스트를 한 입 베어 물고 음미하더니 다시 대화에 집중했다.

"그렇다면 말이죠, 음…… 지금 하는 일을 맡아 줄 사람을 찾아야 할 거예요."

"물론입니다."

"필요한 것들이 있을 텐데요."

"제가 알아서 하겠습니다."

"그리고 당연하지만 작별 파티도 해야죠."

덱스는 마지막 항목에 대해서는 어색한 기분이 들었지만 미소를 지었다.

"그럼요."

그네는 관심의 중심이 되어 보낼 어느 날의 저녁 시간을 상상하며 마음을 단단히 먹었다.

실제로 겪어 보니 작별 파티는 괜찮았다. 솔직히 좋았다. 자리가 자리이니만큼 포옹을 주고받았고 눈물을 흘렸고 와인이 넘쳤다. 이 선택이 옳은지 의구심이 드는 순간도 몇 번 있었다. 수련 시절부터 함께 한 에이버리 수녀에게 작별 인사를 했다. 특유의 방식으로 흑흑 흐느끼는 셰이 수도자에게도 작별 인사를 했다. 바스킨 수사와의 작별은 특히 힘들었다. 덱스와 바스킨은 한동안 연인 사이였고, 관계는 끝났지만 애정은 남아 있었다. 그렇게 작별 인사를 나누는 동안 덱스의 심장이 조여들더니 너무 늦지 않았다고, 이럴 것까지는 없다고 저항하며 고함을 질렀다. 떠날 것까지는 없다고.

귀뚜라미는. 그 생각에 저항이 사라졌다.

이튿날 덱스 수도자는 옷가지와 잡동사니를 가방에, 씨앗과 꺾꽂이 순을 작은 상자에 쌌다. 부모님에게 오늘

이 그날이며 이동 중에는 연락을 제때 받을 수 없을 것이라는 메시지를 보냈다. 또 다음에 쓸 사람을 위해 침대를 정리했다. 해장으로 아침 식사를 잔뜩 먹고 마지막으로 모두와 포옹했다.

그리고 덱스는 메도우 덴 수도원에서 나왔다.

묘한 느낌이었다. 다른 때라면 문을 통과하면서 한 발을 다른 발 앞에 놓아야 한다는 생각뿐이었을 것이다. 하지만 한 곳을 영영 떠나자니 엄청난 변화가 일어난다는 진지한 감정, 굉장한 부담이 느껴졌다. 덱스는 가방을 메고 상자는 겨드랑이에 끼고 돌아섰다. 그러고는 어린 신 알레리, 위대한 여름곰이 표상하는 그네의 신, 작은 위안의 신이 그려진 벽화를 올려다봤다. 덱스는 목에 걸린 곰 목걸이를 쓰다듬으며 세탁실에서 원래 가지고 있던 목걸이를 잃어버린 후 와일리 수사에게서 그것을 받은 날을 떠올렸다. 그네는 떨리는 숨을 한 번 크게 들이쉬고 걸어갔다. 확고하고 안정된 걸음걸이였다.

시티의 끄트머리에 있는 하프 문 하이브 수도원에서 마차가 기다리고 있었다. 덱스는 아치를 지나 성스러운 작업실로 들어갔다. 녹색 작업복을 입은 무리 가운데 붉은색과 갈색 옷을 입은 건 그녀 혼자였다. 도시 소음은 그곳의 요란한 소리에 비하면 아무것도 아니었다. 탁자용 톱과 번쩍이는 용접기, 알록달록하게 물들인 펙틴(과일에 주로 들어 있는 탄수화물로 세포벽을 형성한다 — 옮긴이)으로 작은 부적을 찍어 내는 3D 프린터가 불러 대는 성가의 소리는 엄청났다. 덱스는 연락을 취했던 편 수녀와 그 전까지 만난 적 없었지만, 편 수녀는 덱스를 가족처럼 끌어안으며 맞이해 줬다. 그녀는 톱밥과 밀랍 광택제 냄새를 풍겼다.

"새집을 한번 둘러봐요."

그녀는 자신만만한 미소를 지으며 말했다.

새집이란 덱스가 요청한 대로 황소자전거로 끄는 마차였다. 2층으로 이뤄지고 두툼한 바퀴를 달고서 모험을 떠날 준비를 마친 상태였다. 실용적이면서 동시에 미학적으로도 호감을 자아내는 마차였다. 벽화로 외부를 장식했는데 수도원 소속임이 분명한 형상이었다. 알레리 신의 상징인 곰이 잘 먹고 꽃밭에서 편안히 쉬는 모습이 크게 그려져 있었다. 마차 뒤쪽 끝에는 여섯 신의 상징이 모두 있었고, 통찰의 서에서 발췌한 글귀, 판가인이라면 누구나 아는 문구가 함께 적혀 있었다.

두 가지 모두를 추구할 힘을 찾으라.

마차의 두 개 층에는 모두 발랄한 둥근 창문이 있었고, 어두워지면 쓸 동그란 외등이 걸려 있었다. 천장에는 빛나는 열전도 코팅을 하고 소형 풍력발전용 터빈을 한쪽 높이 설치했다. 펀 수녀는 그것이 벽 사이에 끼워 감춰 둔 그래핀 배터리와 함께 여러 전기 장치에 생명을 부여한다고 설명했다. 마차 양쪽에는 튼튼한 선반에 저장용 상자와 도구함 등 비에 맞아도 상관없는 장비가 걸려 있었다. 마차 밑에는 생수와 오수 필터가 장치됐고, 복잡한 내부 장치는 부교처럼 생긴 덮개 뒤에 있었다. 짐 보관용 패널과 서랍도 있었는데 그걸 모두 펼치면 주방과 간이 샤워실로 변했다.

하나 있는 문을 통해 그 복잡한 장치 안으로 들어가며 덱스는 저도 모르게 후련함을 느꼈다. 찰 신의 사도들이 지은 작은 성소는 덱스에게 들어와 앉으라고 손짓하는 아늑한 동굴 같았다. 내부 목재에는 래커만 칠하고 페인트칠은 하지 않아서 재생 삼나무의 따스한 붉은빛을 온전히 감상할 수 있었다. 구불구불한 곡선으로 박아 넣은 조명 패널은 그곳 비밀 공간을 촛불처럼 감쌌다. 덱스는 그것이 자기 것이라는 사실을 믿을 수 없어 하며 벽을 한 손으로 쓰다듬었다.

"위로 올라가 봐요."

펀 수녀가 눈을 반짝이며 문간에 기댄 채 재촉했다.

덱스는 작은 사다리로 2층으로 올라갔다. 침대를 보는 순간, 그간 숨을 조이던 기억들은 싹 사라졌다. 시트는 크림색이었고 베개는 여럿이었으며 담요는 포옹처럼 푸근했다. 눕기는 너무나 쉽고 벗어나기는 너무나 어려워 보였다.

"애시 수도자의 「침대에 관한 논문」을 참고 문헌으로 사용했어요. 어떤가요?"

덱스 수도자는 존경심을 느끼며 말없이 베개를 쓰다듬었다.

"완벽합니다."

다도승(茶道僧)이 무슨 일을 하는지는 다들 알고 있기 때문에 덱스는 어떻게 시작할지는 그다지 염려하지 않았다. 차 대접은 불가사의한 일이 아니었다. 사람들은 고민거리를 가지고 마차를 찾아와 갓 끓인 차 한 잔을 받고 돌아갔다. 누구나 그렇듯이 덱스도 다실에서 여러 번 쉬어 봤고, 그 일의 면면에 관한 책도 여러 권 읽었다. 차의 오랜 전통에 관한 전자 서적이 수없이 나왔지만, 그 모든 내용을 요약하면 "사람들의 말을 들어 주고, 차를 내라." 였다. 그보다 간단할 수 없었다. 물론 메도우 덴 수도원의 다실에서 윌 수사와 리라 수녀를 몇 번 보고 따라 했더라면 (덱스 수도자가 곧 떠날 것이라는 소문이 돌자 두 사람이 그러라고 제안도 했다.) 더욱 쉬웠을 것이나, 어쩐지 그런 행동은 그 모든…… 덱스의 계획과는 맞지 않는 것 같았다. 그네가 혼자 해내야 하는 일이었다.

그네가 차를 처음 낸 것은 시티를 아직 떠나기 전이었지만, 그래도 익숙한 터전에서 한참 벗어난 외곽에 위치한 스팍스에서였다. 걸음마 같은 것, 물에 빠지기 전 발끝을 담가 보는 것과 같은 일이었다. 메도우 덴의 수도승들은 찾아와 돕겠다고 했지만 덱스는 혼자 하고 싶었다. 교외로 나가면 일이 그런 식으로 이루어질 것이었다. 덱스는 친근한 이들에게 기대지 않고 혼자 해내는 데 익숙해져야 했다.

덱스는 그날을 위해 몇 가지 물건을 마련해 뒀다. 접이식 테이블과 그걸 덮을 붉은 천, 다양한 머그잔, 차 여섯 통, 커다란 전기 주전자. 주전자가 가장 중요한 준비물이었는데 덱스는 자기가 찾은 주전자가 만족스러웠다. 보기 좋게 통통한 구리 도금 주전자 양쪽에는 동그란 유리창이 있어 끓어오르는 물방울이 춤추는 모습이 보였다. 돌돌

말아 보관하는 태양열 매트와 한 세트였는데 덱스는 그 매트를 조심스레 열판 옆에 펼쳐 뒀다.

하지만 차려 놓은 것을 감상하려고 한 걸음 물러서자, 시장에서 사 모을 때는 그렇게 좋아 보였던 물건이 살짝 평범하게 느껴졌다. 테이블은 넓은데 위가 너무 휑했다. 덱스는 집에서(아니, 이제는 집이 아니었다) 다니던 다실에 있던 향기로운 약초를 엮어 만든 화환과 낮에 태양열을 흡수해서 불을 밝히는 반짝이는 전등을 떠올리며 입술을 깨물었다.

넥스는 고개를 저었다. 불안해진 탓이었다. 아직 테이블이 볼품없다면 어떠랴? 이제 시작이었다. 사람들도 이해해 줄 것이다.

그러나 사람들이 오지 않았다. 덱스는 몇 시간째 테이블에 앉아 머그잔과 주전자 사이 공간에 두 손을 포개 놓고 있었다. 편안하고 다가가기 쉬운 사람으로 보이려고 애쓰며 얼굴에 떠오르려는 지루함을 쫓았다. 그네는 머그잔을 둔 자리를 바꾸고, 태양열 매트를 펴고, 찻잎을 계량하느라 바쁜 척했다. 거리에 걷거나 자전거를 타고 오가는 사람들이 있었으니까. 때때로 호기심 어린 시선을 던지는 이도 있었는데 덱스는 늘 반가운 미소를 지으며 그 시선을 마주했지만 돌아오는 것은 한결같이 덱스와는 다른 미소, 즉 "*고맙지만 오늘은 됐어요.*"라는 뜻의 미소였다. 괜찮아. 덱스는 써 보지 못한 차통의 슬픈 눈길을 받으며 혼잣말을 했다. 단순히 이 자리에 있는 것만으로도 충분한…….

누군가 다가왔다.

덱스는 허리를 세웠다.

"안녕하세요!"

그네는 지나치게 사근사근한 듯한 말투로 말했다.

"오늘 기분이 어떠신가요?"

그 누군가는 출근 가방을 들고 잠을 설친 듯한 얼굴을 한 여자였다.

"어젯밤에 고양이가 죽었어요."

그녀는 말하자마자 울음을 터뜨렸다.

입안이 시큼해지더니 덱스는 책으로 배운 일과 *실제 일* 사이에는 광활한 바다가 가로막고 있음을 깨달았다. 그네는 바로 전날까지 정원 관리 수도승이었는데, 그때는 수도원 손님에게 위로를 전하려면 건강한 디기탈리스 덩굴이 격자 구조물을 타고 올라가는 모습이나 공들여 손질한 장비를 보여 주면 되었다. 언어가 아니라 환경으로 표현하는 대화였다. 덱스는 아직 다도승이라고 할 수 없었다. 머그잔을 테이블에 잔뜩 늘어놓고 앉아 있는 보통 사람일 뿐이었다. 그러나 마차, 주전자, 붉은색과 갈색의 옷, 견습생 나이를 훨씬 지난 것이 분명하다는 사실, 이 모든 것 때문에 그네는 그 일에 능숙한 듯 보였다.

하지만 그렇지 않았다.

덱스는 공감하는 표정을 지어 보려고 최선을 다했다. 그러고 싶었으니까. 하지만 실제로는 어쩔 줄 모르는 표정만 떠올랐다.

"유감이군요."

그네가 말했다. 그네는 몇 시간이나 읽었던 책 속 조언을 기억하려고 허둥거렸지만 머릿속에서는 책의 내용뿐만 아니라 기본적인 어휘까지 증발해 버렸다. 사람들이 고민거리를 이야기하리라는 것을 아는 것과 실제로 타인이 눈앞에 서서 자신을 소개하는 대신 네가(그래, *네가*) 이 상황을 개선시켜 주리라고 믿으며 엉엉 울어 대는 것은 완전히 달랐다.

"그거…… 정말 슬프군요."

덱스에게도 자신이 한 말과 그 어조는 물론, 두 가지 조합이 얼마나 터무니없이 한심한지 들렸다. 현명한 말, 통찰력 있는 말을 하려고 했지만 그네의 입에서 튀어나온 말은 이랬다.

"착한 고양이였나요?"

여자는 고개를 끄덕이며 주머니에서 손수건을 꺼냈다.

"제 파트너와 새끼 고양이였던 그 애를 입양했어요. 아이를 낳고 싶었지만 뜻대로 되지 않아서 플립을 데려온 거죠. 그리고…… 사실 이제 와서는 우리의 공통점이라고는 그 애뿐이었어요. 20년이면 사람이 변해도 많이 변하잖아요. 지금 만났다면 우리는 서로에게 아무 관심도 갖지 않았을 거예요. 섹스를 한 지도 1년이 넘었어요. 둘 다 다른 사람하고 자면서 왜 서로를 붙들고 있는지 모르겠어요. 아마 습관이었나 봐요. 같은 아파트에 정말 오래 살았어요. 어떻게 삶이 돌아가는지, 집이 어딘지, 물건이 어디 있는지 익숙한데 새로 시작하기가 너무 두려워요. 하지만 플립은…… 글쎄요, 우리가 아직 함께 살고 있다는 마지막 환상같은 거였죠."

여자는 코를 풀었다.

"그런데 이제 그 애가 떠났으니 정말이지…… 우리 사이는 정말 끝이구나 싶어요."

덱스는 발끝만 살짝 담그려고 했다. 그런데 정신을 차리고 보니 물에 빠져 허우적거리고 있었다. 덱스는 눈을 깜빡이고 심호흡한 뒤 머그잔을 찾았다.

"와. 그거…… 그거 대단하군요."

그러고는 목청을 가다듬고 아욱꽃 블렌드가 든 차통

을 들었다.

"이 차가 스트레스에 좋으니, 음…… 드시겠어요?"

여자가 다시 코를 풀었다.

"시베리가 들었나요?"

"어……."

덱스는 차통을 뒤집어 재료 목록을 봤다.

"네."

여자가 고개를 저었다.

"시베리 알레르기가 있어요."

"아."

덱스는 다른 통을 뒤집었다. 시베리, 시베리, 시베리. 젠장.

"이건, 음, 실버 티인데요. 이 차에는…… 음, 카페인이 들어서 최고의 선택지는 아닐 수 있지만…… 뭐, 차라면 뭐든 괜찮잖아요, 그죠?"

덱스는 밝은 목소리로 말하려고 했지만 여자가 눈길을 떨구는 모습이 모든 것을 말해 주었다. 그녀의 얼굴 표정이 어딘가 바뀌었다.

"이 일 하신 지 얼마나 됐어요?"

덱스의 가슴이 철렁했다.

"음……."

그네는 계량 숟가락에 모든 집중력을 쏟아부어야 한다

는 듯이 거기에 시선을 고정시켰다.

"솔직히 말씀드리면, 그쪽이 첫 손님이세요."

"오늘 첫 손님이란 건가요, 아님……."

덱스는 얼굴이 뜨거워졌지만 주전자의 증기 때문에 그런 것은 아니었다.

"제 첫 손님입니다."

"아."

목소리가 알겠다는 듯해서 충격적이었다. 여자는 어색한 미소를 지었다.

"실버 티면 되겠네요."

그녀는 주위를 둘러봤다.

"앉을 자리는 없는 거죠?"

"아……."

덱스는 이 주변을 처음 보는 것처럼 양옆을 둘러봤다. 신들이시여, 의자를 잊고 있었다.

"네."

여자가 가방을 고쳐 멨다.

"저기요, 그냥……"

"아뇨, 잠시만요. 부탁입니다."

덱스는 여자에게 펄펄 끓는 머그잔을 건넸고…… 아니, 건네려고 했지만 너무 서둔 바람에 끓는 물이 자기 손에 튀었다.

"아, 씨…… 아니, 죄송합니다, 전……."

그네는 허둥거리며 셔츠 자락으로 테이블을 닦았다.

"자, 머그잔은 가져가셔도 됩니다. 가지세요. 선물이에요."

여자가 젖은 머그잔을 든 순간 덱스는 관계의 역학이 바뀌었음을 감지했다. 그녀가 덱스의 기운을 북돋아 주려고 하고 있었다. 여자는 찻잔 테두리를 후후 불더니 조심스레 한 모금 마셨다. 무표정한 입술 너머로 혀를 움직인 여자는 실망한 표정을 짓지 않으려고 애쓰며 차를 삼킨 뒤 다시 어색한 미소를 지었다.

"고마워요."

여자의 실망은 크고 또렷했다.

덱스는 여자가 떠나는 모습을 지켜봤다. 그리고 몇 분간 멍하니 앉아 있었다.

하나씩 하나씩, 그네는 테이블의 물건을 챙겼다.

그때 메도우 덴으로 돌아갈 수도 있었다. 너무나 익숙한 문을 열고 걸어 들어가 생각해 보니 견습생 생활을 보내야 할 것 같으니 침대를 다시 써도 되겠냐고 말할 수도 있었다.

아, 하지만 그러면 얼마나 바보처럼 보일까.

덱스는 마라 수녀에게 독학할 생각이라고 했다. 마차가 있다고. 모시는 신을 안다고. 그거면 충분할 것이라고.

덱스는 트레일러를 마차에 연결하고 발을 페달에 올렸다. 황소자전거에 전기가 들어왔고 기계와 사람이 함께 마차를 쉽게 끌 수 있도록 전기 모터가 부드럽게 윙윙거렸다. 드디어, *드디어* 그네는 시티를 떠났다.

탁 트인 하늘을 보자 그네는 달콤한 안도감을 느꼈다. 건축 설계에 공을 들인 덕분에 시티에서는 낮은 층까지도 볕이 충분히 들었지만 시야에서 건물이 전부 사라지는 광경에는 비길 수 없었다. 태양은 중천에 떠올랐고 행성 상승이 막 시작되고 있었다. 항성 모탄이 그리는 곡선에는 노란색과 하얀색들이 짙게 소용돌이쳤으며 그 곡선의 낮익은 정점이 카퍼산 위로 보일락 말락 했다. *인간 공간*과 다른 *만물 공간* 사이의 근본적인 차이가 확연했다. 인위적으로 변형된 풍경이라곤 도로와 신호뿐이었고, 그네가 향하는 전원 마을은 시티처럼 경계 안에 단정히 모여 있었다. 인간이 달 표면을 재분배한 전환기 이후로 늘 이랬다. 판가의 유일한 대륙의 50퍼센트는 인간이 사용하도록 배정됐지만 나머지는 자연의 것이 되었으며 해양은 거의 건드리지 않도록 했다. 생각해 보면 제정신이 아닌

수준의 분배였다. 육지 절반을 하나의 종이 차지하고 나머지 절반을 수십만 종이 쓰다니. 하지만 인간에게는 균형을 뒤집는 재주가 있었다. 한계를 정하고 지키는 것만으로도 큰 승리였다.

눈 깜빡할 새 덱스는 빽빽한 도시에서 들판으로 나왔다. 도시와 들판, 그 둘이 나란히 있는 모습은 놀랍고도 반가웠다. 덱스가 시티의 경계 밖으로 나온 것은 이번이 처음은 아니었다. 그네는 헤이데일에서 자랐고 가족이 사는 그곳에 한 해에 두 차례는 찾아갔다. 시티는 소비하는 식량을 수직 농장과 옥상 과수원에서 키웠지만 넓은 공간에서 길러야 하는 작물이 있었다. 시티의 위성 마을(헤이데일도 그중 하나였다)들은 이 수요를 충족시켰다. 위성 마을들은 덱스가 향하는 시티에서 멀리 떨어진 소박한 거주 지역인 전원 마을과는 달랐지만, 여전히 독립적인 주체로서 대도시와 작은 마을 사이의 과도기적인 모습에 가까웠다. 목초지 사이의 도로나 그 주위 광경은 새로울 것 없었지만 지금의 상황에 오기까지의 맥락은 새로웠고 그것은 큰 차이를 만들었다.

덱스는 페달을 밟으며 무엇부터 할지 조금씩 생각하기 시작했다. 구체적인 계획이라기보다는 훨씬 더 보편적인 방향이 작은 방울처럼 떠올랐다. 우선 상황을 정리하는 동안 헤이데일에서 지내지 못할 것도 없다는 생각이 들었다. 그 큰 농장 집에는 침대가 있을 것이고 어린 시절의 기억과(덱스는 눈살을 찌푸리기 시작했다) 부모님과 형제자매, 조카들과 사촌들, 사촌의 아이들이 수십 년 동안 옥신각신 떠드는 소리가 들리는 저녁 식사가 있을 터였다. 시끄러운 주방을 뱅뱅 돌며 짖어 대는 개들이 있을 것이고 날카로운 눈초리로 노려보는 가족 모두를 향해 옳은 선택이라고 열심히 주장했지만 실제로는 단 한 차례 시도한 후에 기가 죽었다고, 그래서 스물아홉의 나이에 대체 무슨 일을 하려는지 생각이 정리될 때까지 정해진 기한 없이 안전한 고향집에서 지내고 싶다고 설명하는 자존심 무너지는 경험이 있을 터였다.

얼마나 바보 같은 꼴일까.

오른쪽 '헤이데일'과 왼쪽 '리틀 크릭'이라는 표지판과 함께 첫 갈림길이 나타났다. 두 번 고민할 것도 아쉬운 표정도 없이 덱스는 왼쪽으로 향했다.

시티의 다른 모든 위성 마을처럼 리틀 크릭은 원형이었다. 바깥쪽 고리는 농장으로 모두가 그 아래 흙에서 화학적 마법을 일으키기 위해 노력하며 여러 방목용 풀과 과

일나무, 봄 작물을 빽빽이 기르고 있었다. 덱스는 자전거를 타고 지나가면서 깊이 숨을 들이쉬어 자주개자리와 벌풀의 상쾌한 내음과 여름에 열매를 맺을 꽃들이 막 피어나 풍기는 옅은 향기를 만끽했다.

농장 너머 주거 지역이 이루는 고리에는 선호에 따라 혼자 혹은 여럿이 모여서 살 수 있는 주택들이 모여 있었다. 덱스는 반짝거리는 색유리로 장식하고 꽃이 핀 잔디나 태양열 전지판 혹은 두 가지 모두로 지붕을 만든 둥글납작한 주택들을 보며 향수와 애정을 느꼈다. 헤이데일이 떠오르는 모습이긴 했지만 리틀 크릭은 확실히 다른 곳이었다. 덱스는 리틀 크릭의 길도, 자전거와 마차를 지나칠 때 손을 흔드는 사람들이 누군지도 알지 못했다. 고향에서 멀지 않은 낯선 마을, 건축 재료와 사회 관습만 익숙한 곳에 오니 희한하게 마음이 놓였다. 익숙한 곳에서 벗어나되 남의 눈에 띄지는 않는 이상적인 상태였다.

원형 마을의 한가운데 덱스가 가고자 했던 장터가 있었다. 그네는 자전거와 마차를 모두 세우고 걸어서 둘러보기 시작했다. 온갖 상인들이 광장에 가게를 벌려 놓았지만 이 시장은 확실히 그곳에 사는 농부들의 것이었다. 농장에서 나온 것들이 끝없이 시선을 끌었다. 와인, 빵, 꿀, 양모, 염색한 실, 갓 딴 꽃다발, 화관, 얼음통에 진열

한 양식 생선과 가금류, 폭신한 상자에 담은 점박이 알, 과일 음료, 무성한 야채, 알록달록한 케이크, 교환할 종자, 운반용 바구니, 맛보기용 간식. 유혹이 강했지만 덱스는 찾던 것을 발견할 때까지 장터를 뒤지는 데 전념했다. 씨앗을 잔뜩 놓고 열정적인 간판을 내건 상점이었다.

약초! 약초!

약초 팝니다!!!

요리 · 차 · 공예 · 다용도!

덱스는 카운터로 걸어가 휴대용 컴퓨터를 꺼내 상당한 액수의 '펩'을 입력하고 탭해서 상인의 컴퓨터에 전송한 뒤 말했다.

"전부 하나씩 사겠습니다."

약초 농부(덱스 또래로 구부러진 코와 깔끔한 턱수염을 가진 남자였다)가 뜨개질하던 양말에서 눈을 들었다.

"죄송합니다, 수도자님. 하나씩 뭘……."

"전부요. 전부 하나씩."

그네는 카운터를 넘겨보다가 작은 액자에 든 포스터에 눈길을 주었다. '인기 참고서적 가이드.' 그렇게 적힌 포스터에는 도서관 스탬프가 찍혀 있었다. 덱스는 컴퓨터로 스탬프를 스캔했다. 얼룩진 화면에 뜬 아이콘이 문제의 책들을 다운로드 중임을 알렸다. 덱스는 물건을 전부 하나씩 담느라 바쁜 농부에게 덧붙였다.

"그리고 주방용품을 어디서 파는지도 알려 주세요. 정원용품도요."

그녀는 생각했다.

"샌드위치도."

약초 농부는 따뜻한 말투로 그 질문에 차례대로 대답해 줬다.

여행자용 공터는 농장 구역과 주거 구역 사이에 있었다. 덱스는 거기 마차를 세워 석 달간 지냈다. 그녀는 그 기간 식물을 더 구했고, 샌드위치도 더 샀다. 또 그 약초 농부와 몇 번 만났고 그 달콤한 시간에 대해 알레리 신에게 감사했다.

이내 정리 정돈이라는 개념이 사라지며 마차 아래층은 빠르게 잡동사니가 뒤죽박죽 섞인 실험실로 변해 갔다. 구석구석 화분과 태양광 조명이 자리 잡았고 거기서 자라는 잎과 싹은 집사가 정한 한계를 끊임없이 넘어섰다. 전도유망하거나 무의미했던 실험에서 남은 차 찌꺼기가 든 머그잔이 테이블 위에 잔뜩 쌓여 덱스에게 설거지를 할 여유가 생기기를 기다리고 있었다. 천장에 걸이가 자리를 잡자마자 곧바로 색색의 꽃과 향기로운 나뭇잎 묶음이 가득 걸린 채 바삭하게 말라 갔다. 곱게 간 향신료가 소파부터 사다리, 덱스의 콧구멍 안까지 모두 뒤덮었고 그네는 자주 요란한 재채기를 하며 병들을 흔들어 댔다. 햇볕이 드는 시간, 전기가 충분한 때면 밖에서 건조기를 돌려 베리류와 감귤류를 부드럽고 쫄깃한 조각으로 만들었다. 이런 친근한 물건들 사이에서 덱스는 재고 중얼거리고 붓고 종종거리며 숱한 시간을 보냈다. 그네는 이 일을 제대로 할 작정이었다. 제대로 해야만 했다.

정신없이 돌아가는 아래층과는 달리 위층은 고요했다. 아래층 선반이 신음하고 매달린 약초에 머리를 부딪힐 때마다 내뱉는 욕설 소리가 커진다 해도 위층을 창고로 쓰지 않겠다는 덱스의 결심은 굳건했다. 위층은 그 의도와 목적 자체가 성스러운 곳이었다. 매일 밤 덱스는 사다리를 올라가 편안한 침대에 쓰러지면서 신에게 감사를 속삭였다. 거기서는 천장 가리개를 밀어 열고 전등을 잘 켜지 않았다. 그네는 별빛 속에서 백 가지 향신료가 뒤섞인 냄새를 맡으며, 물 펌프가 꼬르륵거리며 작은 화분 속 행복한 뿌리들에게 물을 전하는 소리를 들으며 잠들었다.

이런 축복에도 불구하고 가끔 덱스는 잠들지 못했다. 그런 시간이면 내가 뭘 하는 걸까 종종 자문하곤 했다.

진정 그 대답을 안다는 확신이 드는 날은 없었다. 그래도 그네는 그 일을 계속했다.

2.
판가 최고의 다도승

2년이 흐르자 판가의 전원 마을 사이의 조용한 고속도로를 달리는 것은 더 이상 머릿속으로 지도를 그리는 작업이 아니라 어떤 감각을 느끼느냐의 문제가 됐다. 그곳, 잉크손 패스의 숲속에서 덱스는 표지판을 보지 않고도 냄새로 고속도로에 도착했음을 알았다. 습도는 살짝 높아졌고 황과 광물의 냄새가 풍겼다. 몇 분 뒤 예상대로 부연 녹색의 온천이 나타났고 에너지 공장의 매끈한 흰색 돔이 굴뚝으로 증기를 내뿜고 있었다. 그날 아침 덱스가 눈을 뜬 슈러브랜드에는 그런 것이 없었다. 슈러브랜드에서는 야생의 들판에 세운 태양열 농장에서 햇볕에

데워진 관목과 야생화 냄새가 났다. 일주일 뒤 팀버폴을 떠나 짭짤한 바람이 풍차 날개를 돌리는 버클랜드 해안으로 내려가면 또다시 변화가 생길 것이다. 하지만 아직은 숲의 냄새가 익숙했다. 페달을 밟아 나아가는 동안 온천의 유황 냄새는 상쾌한 상록수의 냄새로 변했고 오래지 않아 지열 발전소와 같은 단층 건물은 띄엄띄엄 줄어들었다.

우드랜드 마을 사람들은 숲의 바닥이 살아 있는 생물임을 알고 있었다. 흙 속의 모자이크 안에는 광활한 문명이 여럿 자리 잡고 있었다. 막시류의 미궁, 설치류의 대피소, 지렁이가 이동하며 낸 공기 통로, 기대에 찬 거미들의 사냥 오두막, 떠돌이 딱정벌레의 무료 숙박소, 수줍게 발가락을 서로 얽은 나무들. 그곳에서 우리는 부패가 얼마나 풍부한 자원을 만드는지, 곰팡이는 얼마나 완전한 존재인지 알게 된다. 흙을 파서 이런 생명을 방해하는 행위는 폭력이었다. 그 행위가 필요할 때도 있었다. 배를 채우기 위해 부엽토를 마구 걷어차는 새들이나 흰 스컹크의 경우가 그랬다. 하지만 이곳의 인간 거주자들은 *정말 필요한* 일이 무엇인지 신중히 결정했고 땅을 최대한 건드리지 않았다. 물론 길을 냈지만 조심스러웠고, 물탱크나 전력 발전소, 사업용 차량 등은 땅 위에 자리를 잡을 수밖에 없었다. 하지만 우드랜드 정착지 전체를 보려면 위를 바라봐야 했다.

이미 여러 차례 본 것이지만 덱스는 길 위 나무둥치에 걸려 있는 주택을 올려다보지 않을 수 없었다. 잉크손은 특히 매력적인 마을로 그 근방에서 가장 기술 좋은 목수들이 사는 곳이었다. 위에 매달린 주택은 조개껍질과 비슷한 모양으로 절개되어 부드러운 기하학적 구조를 드러냈다. 모든 것이 곡선이었다. 비를 막아 주는 지붕, 빛을 받아들이는 창문, 보석처럼 사이를 연결하는 교각까지 모두. 목재는 사용이 중단된 부적합한 구조물에서 재활용하거나 오직 진흙과 중력의 작용만으로 쓰러진 나무에서 채취한 것이었다. 그래도 재목에 갈라지거나 거친 데라곤 없었다. 잉크손의 장인들이 나뭇결에 어찌나 매끈하게 광택을 냈는지 멀리서 보면 마치 진흙 같았다. 이 마을은 곳곳이 실용적이었다. 무거운 물건을 올리고 내리는 전동 도르래, 즉시 작동하는 비상 사다리, 바깥 주방 벽에 부착된 둥그런 바이오가스 분해 장치. 하지만 모든 집들에는 건설자가 살짝 변덕을 발휘해 부여한 저마다의 특징이 또한 있었다. 나선형으로 집 주위를 에워싸는 데크가 있는 집이 있는가 하면, 동그란 채광창이 있는 집도 있었고, 또 다른 곳에는 나무가 집 옆에서가 아니라 집을 관통해 자랐다. 집들은 그런 면에서 나무와 같았다. 주택이라는 범주 안에 들어가는 모습이지만 나름의 개성을 지녔다.

덱스의 것과 같은 마차는 매달린 다리를 건널 수 없었으므로 덱스는 나무가 없는 몇 안 되는 곳인 장터로 향했다. 우거진 나뭇가지 사이로 태양이 폭포수처럼 쏟아져 들어와, 알록달록한 돌을 박아 넣은 버터색 길에 풍성한 빛의 기둥이 보기 좋게 생겨났다. 덱스는 숲의 시원한 공기도 싫지 않았지만 문득 퍼져 나오는 따스함은 드러난 팔다리를 부드럽게 잡아 주는 듯했다. 알레리 신의 임재가 또렷이 느껴졌다.

다른 마차들은 이미 가게를 차린 뒤였다. 해안에서 온 유리 상인, 기술 교환자, 요리용 기름과 머릿기름, 목재용 기름을 파는 사람. 덱스가 페달을 밟으며 들어가자 상인들이 묵례했다. 아는 사람은 아무도 없었지만 그래도 그네는 마주 인사했다. 상인끼리 주고받는 특별한 인사였다. 엄밀히 말해 덱스는 상인이 아니었지만. 그네의 마차는 그 사실을 분명히 밝히고 있었다.

덱스는 이미 그곳 가장자리에서 기다리고 있던 작은 무리에게 다른 종류의 묵례를 했다. "*안녕하세요, 알겠습니다, 곧 준비하겠습니다.*"라는 인사였다. 처음에는 기다리는 사람들을 만나면 부담스러웠지만 마음 쓰지 않는 법을 빠르게 배웠다. 그네는 자신과 모여 있는 사람들 사이의 보이지 않는 벽이 있는 마음속 공간으로 들어가 그 안에서 차분히 일할 수 있었다. 사람들이 원하는 것을 준비하려면 시간이 걸렸다. 그들이 뭔가를 바란다면 기다릴 수도 있을 것이다.

덱스는 빈자리로 들어가 자전거 브레이크를 밟은 뒤 마차 바퀴를 고정시켰다. 헬멧을 벗자 엉클어진 머리카락이 눈을 가려 장터가 보이지 않았다. 새벽부터 헬멧을 쓰고 있던 머리칼은 포기하고 머릿수건을 두른 뒤 빗질은 나중으로 미뤘다. 그네는 마차로 들어가 젖은 셔츠를 벗어 붉은색과 갈색의 옷가지만 들어 있는 빨래통에 던져 넣었다. 데오드란트 파우더를 듬뿍 뿌리고 줄어드는 옷더미에서 마른 셔츠를 가져온 뒤 머릿수건을 다시 적당히 대칭형으로 묶었다. 그 정도면 충분할 터였다.

차 준비가 시작됐다. 덱스는 바깥의 공공 공간과 안쪽의 집을 오가며 필요한 물건을 전부 날랐다. 상자들을 운반하고 주전자를 배열하고 꾸러미를 풀고 주전자를 설치하고 크림 그릇 냉각 장치를 준비했다. 이것들은 접이식 테이블 위나 주위, 원래 두는 자리에 차렸다. 덱스는 마차의 물탱크에서 주전자에 물을 채워 끓이면서 조각한 돌과 말린 꽃, 화려한 리본으로 테이블의 빈 공간을 보기 좋게 꾸몄다. 성지는 성지처럼 보여야 했다. 잠시뿐이라 해도.

기다리던 무리 중 마을 사람 한 명이 덱스에게 다가왔다.

"도움이 필요하세요?"

덱스는 고개를 저었다.

"감사하지만 괜찮습니다. 저는……."

그네는 한 손에 든 꽃병과 다른 손에 든 배터리 팩을 보면서 무슨 일을 하던 중인지 기억을 더듬었다.

여자는 양손을 내밀어 보였다.

"일의 흐름이 있군요. 그렇군요."

그녀는 미소를 짓더니 뒤로 물러났다.

리듬이 되돌아왔다. 덱스는 커다란 붉은 매트를 펼쳐 바닥에 깔았다. 다음에는 접을 수 있는 기둥을 꺼내 직사각형 틀을 만들고 하루 종일 마차 밖에서 충전한 정원 전등을 걸었다. 그리고 폭신한 쿠션을 꺼내 와 매트 위에 편안해 보이도록 쌓았다. 그 가운데에는 또 하나의 테이블을 뒀다. 상당히 작고 낮은 것이었다. 그것 역시 보기 좋게 장식했다. 그다음에는 작은 나무 상자를 열어 여섯 개의 물건을 하나씩 꺼낸 뒤, 울퉁불퉁한 길을 달리는 동안 보호하기 위해 싸 둔 천을 펼쳤다. 망가지면 쉽게 새로 인쇄할 수 있는 것들이긴 했다. 마을 대부분에는 직조 가게가 있었다. 하지만 중요한 건 그게 아니었다. 그 어떤 물건도 쉽게 버릴 수 있다는 듯이 다뤄서는 안 됐다. 성상은 특히나 그랬다.

부모 신의 성상을 작은 테이블 위, 성상 받침으로 쓰는 나무 위에 먼저 올렸다. 완벽한 구체는 보시, 살고 죽는 만물을 관장하는 순환의 신을 상징했다. 돌과 물, 대기의 영역을 추상적으로 표현한 세 겹의 피라미드는 무생물의 신, 그릴롬의 상징물이었다. 그 사이에는 트리킬리의 얇은 수직 막대를 놓았다. 화학과 물리학 등 보이지 않는 틀을 가리키는 날실과 씨실의 신이었다. 부모 신들 아래의 테이블에는 자녀 신들을 받침 없이 배치했다. 사마파르를 상징하는 태양어치, 찰을 상징하는 설탕벌, 그리고 물론 여름곰도.

마지막으로 덱스는 더 큰 테이블 뒤에 있는 자기 의자에 앉았다. 그네는 헐렁한 여행용 바지 주머니에서 컴퓨터를 꺼내 화면을 깨웠다. 관습에 따라 열여섯 살 성년식 선물로 받은 고급 컴퓨터였다. 크림색 프레임에 기분 좋게 반짝이는 스크린이 딸린 그 컴퓨터를 덱스는 주머니에 넣고 돌아다닌 세월 동안 다섯 번밖에 수리하지 않았다. 모든 컴퓨터가 그렇듯이 평생 가지고 다니도록 만든 튼튼한 장치였다. 덱스는 악수처럼 생긴 아이콘을 건드렸고 컴퓨터가 명랑하게 삑 소리를 내며 메시지를 보냈음을 알렸다. 그것은 덱스가 등을 기대고 앉아 기다려도 된다는 신호이기도 했다. 마차가 도착하면 알려 달라고 컴퓨터에게 미리 지시해 둔 잉크손 사람들에게 전부 연락이 갔다.

덱스가 화면을 건드린 직후 모여 있던 사람들 모두가 동시에 컴퓨터를 꺼내더니 알림 소리를 끄는 모습은 우스꽝스러울 정도였다. 덱스가 웃었고, 모인 사람들도 웃었다. 그러자 덱스가 손을 흔들었다.

줄스 씨가 언제나 그렇듯이 가장 먼저였다. 여자가 다가오자 덱스는 혼자 미소를 지었다. 여섯 신이 관장하는 세상의 모든 것 가운데 줄스 씨가 스트레스를 받는다는 사실보다 더 예상하기 쉬운 일도 없었다.

"오늘 와 주셔서 정말 다행이에요."

줄스 씨가 지친 한숨을 내쉬며 말했다. 잉크손의 물 관리 기사는 깊은 짜증이 느껴지는 표정으로 마을을 돌아봤다. 그녀가 엄지를 낡은 작업복 벨트 구멍에 끼우고 고개를 젓자 흐트러진 회색 곱슬머리가 흔들렸다.

"흙진드기 둥지가 있다는 신고가 여섯 건이나 들어왔어요. 여섯 건이나."

"저런."

덱스가 말했다. 흙진드기는 하수도를 좋아했고 일단 터를 잡으면 쫓아내기 힘든 것으로 악명 높았다.

"지난 계절에 처리를 한 줄 알았는데요. 그게…… 뭐였죠?"

"포름산이요. 올해는 소용이 없었어요. 직원들이 그걸 제대로 안 쓴 건지, 아니면 그 작은 놈들에게 내성이 생긴 건지 모르겠어요. 확실한 건, 제 두 다리만큼이나 긴 할 일 목록이 생겼고, 터커 씨의 회색선은 알 수 없는 이유로 자꾸 들러붙고, 제 *개는*……"

그녀는 살기등등한 표정으로 노려봤다.

"제 개는 어제 양말 세 켤레를 먹어 치웠어요. *먹었다니까요*. 엘우드에서 수의사를 불러 그 녀석이 죽을 건 아닌지 확인해야 했어요. 그럴 *시간*이 없었는데도 말이에요."

덱스가 씩 웃었다.

"수의사를 만날 시간이 없었다는 말씀인가요, 개가 죽을 시간이 없었다는 말씀인가요?"

"둘 다요."

덱스는 고개를 끄덕이며 당면한 상황과 도구를 가늠했다. 그러고는 널찍한 머그잔과 병 하나를 들었다. 병에는 직접 섞은 찻잎과 말린 꽃잎이 들어 있었고 '블렌드 #14' 라고 직접 적은 스티커가 붙어 있었다. 덱스는 뚜껑을 열고 줄스 씨가 냄새를 맡을 수 있도록 병을 내밀었다.

"어떤가요?"

줄스 씨는 고개를 기울여 숨을 들이쉬었다.

"오, 좋네요. 벌풀인가요?"

덱스는 고개를 저으며 내용물을 금속 인퓨저에 덜었다.

"비슷해요. 사자풀입니다."

그네가 눈을 찡긋했다.

"진정 효과가 좋지요."

줄스 씨가 콧방귀를 뀌었다.

"나한테 진정이 필요하다고 누가 그랬나요?"

덱스는 주전자로 머그잔을 채우며 웃었다. 향긋한 증기가 숲 공기와 섞였다.

"꿀과 염소젖을 모두 넣는 걸 좋아하셨죠?"

"와, 네."

줄스 씨가 눈을 깜빡였다.

"기억력이 좋으시네요."

덱스는 꿀을 한 스푼 듬뿍 넣고 염소젖을 곁들인 뒤 찻잔을 건넸다.

"4분간 우린 뒤에 천천히 드세요. 더 드시고 싶으면 말씀하세요."

"두 잔 마실 시간은 없어요."

줄스 씨가 우울하게 말했다.

덱스는 미소를 지었다.

"누구나 차 두 잔 마실 시간은 있습니다. 여기서 줄스 씨를 보는 사람은 누구나 이해할 겁니다."

덱스는 그럴 거라고 믿었다. 적어도 한 번이라도 다도승과 함께 꼭 필요한 한두 시간을 보내지 않은 판가인은 드물었다.

줄스 씨의 곱슬머리는 계속 부스스했지만, 머그잔을 들자 얼굴 어딘가가 누그러졌다. 마치 몇 달간 그녀의 눈, 코, 입을 팽팽히 당기고 있던 보이지 않는 줄이 풀어지는 듯했다.

"감사합니다."

줄스 씨는 진심으로 말하더니 잔을 들지 않은 손으로 휴대용 컴퓨터를 꺼내 화면을 탭했다. 컴퓨터가 알림음을 내자 덱스는 고맙다는 뜻으로 고개를 끄덕였다. 흙진드기와 양말 먹는 개로부터 한숨 돌린 줄스 씨는 차를 들고 편안한 쿠션이 있는 자리로 가서 (그날 처음인 듯) 앉았다. 그러고는 눈을 감고 한숨을 푹 내쉬었다. 어깨에서 힘이 빠지는 것이 보였다. 그녀는 어깨의 긴장쯤은 늘 풀 수 있었다. 단지 그래도 된다는 허락이 필요했던 것이다.

알레리 신께 찬미를.

덱스는 다음 손님이 다가오는 것을 보고 아쉬운 한숨을 삼켰다. 코디 씨는 잘생긴 남자로, 통나무를 쪼개는 팔과 시간을 잊게 만드는 미소를 지녔다. 하지만 몸통에 멘 두 아기(하나는 가슴에서 낑낑거리고 하나는 등에서 쿨쿨 자고 있었다)를 보고 덱스는 코디 씨의 나머지 신체 구조에 대한 생각은 묻어 뒀다. 코디 씨의 눈 아래 검은 자국을 보면 섹스는 머릿속 우선순위의 밑바닥일 것 같았다.

"안녕하세요, 덱스 수도자님."

덱스는 이미 열무화과 병을 들고서 무료근에 손을 뻗고 있었다.

"안녕하세요, 코디 씨."

"저, 음……."

코디 씨는 앞에 매달린 아기가 아기 띠가 젖도록 빨아대는 것에 정신이 팔렸다.

"저런, 그러지 마."

자기가 하는 말을 아기가 들어줄 것이라는 기대는 조금도 느껴지지 않는 목소리였다. 그는 한숨을 내쉬고 덱스에게 시선을 돌렸다.

"저, 그게요……."

"네에."

덱스가 약초를 여러 가지 섞어 갈면서 말했다.

코디 씨는 입을 열었다가, 다물었다가, 다시 열었다.

"쌍둥이가 있어요."

그는 이렇게 말한 뒤, 더 이상 아무 말도 덧붙이지 않았다. 가슴에 매달린 아기가 그 점을 강조하듯이 신이 나서 목청껏 소리를 질렀다.

"네에. 그렇군요."

그네는 곱게 간 약초를 저장 주머니에 넣고 끈으로 묶은 뒤 단호한 손놀림으로 탁자를 가로질러 밀었다.

코디 씨가 눈을 껌뻑였다.

"전 차도 한 잔 못 받는 겁니까?"

"차 여덟 잔입니다."

덱스가 주머니 쪽으로 고개를 끄덕이며 말했다.

"차가 더럽게 필요하니까요."

그네는 아기를 향해 콧잔등을 찡그렸고, 아기는 소리 내어 웃었다. 덱스는 그 아기의 섹시한 아빠에게 이어서 말했다.

"이건 좋은 열무화과 차입니다. 근육을 이완시켜 주고 잠을 푹 자게 해 줄 겁니다. 끓인 물 한 잔에 두 큰술을 넣고 7분간 우리세요. 다 되면 거름망을 꼭 꺼내세요. 안 그러면 발가락 맛이 날 테니."

코디 씨는 주머니를 들고 킁킁거렸다.

"발 냄새는 안 나는걸요. 이 냄새는……."

그가 다시 킁킁거렸다.

"오렌지?"

덱스는 미소를 지었다.

"오렌지 껍질이 조금 들었어요. 후각이 좋군요."

그리고 얼굴도 좋고. 얼굴도 정말, 정말 좋고.

앞에 안긴 아이가 신이 나는 바람에 뒤에 업힌 아이가 깨어 듀엣이 시작된 와중에도 코디 씨는 미소를 지었다.

"그거 잘됐군요."

안도감에 그의 눈가 주름이 펴지기 시작했다.

"잠 좀 자면 좋겠어요. 그렇다고 정신을 잃는 건 아니겠죠? 그러니까, 깨어나긴 하는……."

"꼬마들에게 뭔가 필요하면 평소처럼 바로 깰 겁니다. 열무화과는 당신을 부드럽게 안아 줄 뿐이지 당신 머리를 벽돌로 치는 게 아니에요."

코디 씨가 웃었다.

"네, 다행입니다."

그는 미소를 지으며 차를 주머니에 넣고 덱스에게 차값을 전송했다.

"고맙습니다. 참 친절하시군요."

덱스도 미소를 지었다.

"알레리 신께 감사하세요."

그리고 내게도. 그거 좋군요. 내게도 감사해도 좋아요.

그네는 걸어가는 코디 씨의 황홀한 뒤태에 다시 한숨을 내쉬었다.

매트 쪽에서 줄스 씨의 휴대용 컴퓨터 타이머가 소리를 냈다. 덱스는 그녀가 조심스레 차를 홀짝이는 모습을 곁눈질로 봤다. 줄스 씨는 입술을 핥더니 혼잣말을 중얼거렸다.

"온 세상 신들이시여, 참 좋군요."

덱스는 환한 미소를 지었다.

그네는 그렇게 줄지어 선 사람들의 찻잔을 채워 주고 세심하게 이야기를 경청하며 상황에 따라 빠른 손놀림으로 약초를 섞어 주었다. 곧 매트에 사람들이 가득 앉았다. 여기저기서 자연스럽게 유쾌한 수다 소리가 들려왔지만 대부분은 말없이 있었다. 컴퓨터로 책을 읽는 사람도 있었다. 몇 명은 잤다. 서넛은 울기도 했는데 늘 벌어지는 일이었다. 덱스는 손수건을 주고 필요하면 잔을 다시 채워 주었다.

잉크손 의회 의원인 위버 씨가 그날 마지막으로 도착했다.

"전 차는 됐어요, 고맙습니다만."

그네는 테이블로 다가오며 말했다.

"오늘 밤 공동 주택 저녁 식사에 초대하려고 왔습니다. 오늘 아침에 사냥 팀이 큰 수사슴을 잡아 왔고, 다 함께 마실 와인이 충분히 있습니다."

"반가운 초대군요."

덱스가 말했다. 이 일의 좋은 점 하나가 식사 초대였고, 사슴구이는 절대 놓칠 수 없는 음식이었다.

"무슨 일로 모이나요?"

"수도자님 때문입니다."

위버 씨가 짧게 대답했다.

덱스는 놀라서 눈을 깜빡였다.

"농담을 다 하시네요."

"아뇨. 정말입니다. 수도자님이 오늘 이곳에서 차를 낸다는 걸 일정표를 보고 알았고 고마움을 표시하기 위해 특별한 행사를 열고 싶었어요."

위버 씨는 덱스의 쿠션에 기대어 만족스럽게 쉬는 사람들을 가리켰다.

"아시죠, 이곳에 수도자님이 가져다준 것을."

덱스는 솔직히 으쓱해졌고 그런 칭찬을 받으면 어떻게 해야 할지 알 수 없었다.

"제 소명인걸요. 하지만 그렇게 말씀하시니 참 뿌듯합

니다. 감사합니다. 참석하겠습니다.”

위버 씨는 어깨를 으쓱이더니 미소를 지었다.

“판가 최고의 다도승께 드리는 작은 선물입니다.”

우드랜드에서 나온 도로는 코스트랜드로 가는 도로로 이어졌고, 거기서 리버랜드로, 슈러브랜드로, 다시 한번 더 우드랜드로 이어졌다. 덱스는 다시, 또다시, 또다시 한 바퀴를 돌았고, 멈추는 곳마다 감사 인사와 선물, 호의를 받았다. 사람들 무리는 점점 커졌고 저녁 초대는 점점 잦아졌다. 덱스가 내는 차는 매번 조금씩 더 창의적이 되었다. 다도승의 삶으로서 이보다 더 성공적일 수 없을 정도였다.

하지만 언젠가부터 덱스는 아침마다 전혀 잠을 못 잔 기분으로 깨어나기 시작했다.

특히 어느 날 아침, 그네가 스노이스패스에서 일어났을 때는 더 그랬다. 잔 것은 분명했다. 밖의 어두운 숲에서 개구리 소리를 듣던 때부터 깨어나는 순간까지 기억나는 것이 아무것도 없었고 그네는 휴대용 컴퓨터를 꺼내 마지막으로 그것을 본 시점으로부터 정확히 7시간 반이 지난 것도 확인했다. 지친 채로 잠에서 깨어날 이유가 없었다. 비슷한 기분을 느꼈던 다른 날 아침들과 마찬가지였다. 아마 좀 더 잘 먹어야 할 것 같았다. 비타민이나 좋은 설탕 등 부족한 영양소가 있는 모양이었다. 아마 그 때문일 것이다. 비록 얼마 전 병원에서 검사를 했을 때 그런 문제는 없다고 했지만 말이다.

혹은 아마 개구리 탓일 것이다. 개구리는 괜찮았다. 가까이서 보면 귀여웠다. 통통한 녹색의 몸으로 팔딱팔딱 뛰어다니는, 젤리와 별반 다르지 않은 녀석들. 그들의 노래는 매일 저녁 해 질 녘쯤 시작되어 동틀 무렵 사라졌다. 재미있게 개굴거리는 소리는 유쾌했다.

하지만 개구리는 귀뚜라미가 아니었다.

처음 시티를 떠났을 때는 밤하늘에서 귀뚜라미의 쓰르륵거리는 노랫소리가 들려오지 않는 것이 아무렇지 않았다. 물론 그 사실을 알아차리기는 했지만 그네는 차 내는 기술을 익히느라 정신이 없었으며 위성 마을에는 귀뚜라미가 없다는 사실쯤은 이미 알고 있었다. 코스트랜드에서도 상관없었다. 귀뚜라미가 그곳에 살지 않을 것이라고 짐작했으니까. 하지만 리버랜드에 닿자 의문이 떠오르기 시작했다. *이곳에 귀뚜라미가 있나요?* 덱스는 저녁 식탁에서, 공중 사우나에서, 성소와 도구 교환장과 빵집에서 짐짓 무심한 척 질문했다. 마을들을 처음으로 한 바퀴 돌고 나서 그네의 차에 대한 소문이 퍼지기 시작하고 일정표가 최대한 많은 사람을 만족시킬 수 있도록 가득 찬 다음 돌아간 어느 마을에서 자신의 도착을 미리 기다리고 있던 네 사람을 발견한 뒤에야, 덱스는 귀뚜라미에 대해 그만 물어보기로 하고 결국 그놈의 것을 검색하게 됐다.

알고 보니 귀뚜라미는 판가 대부분의 지역에서 멸종했다. 전환기 이후 거의 모든 문(門)을 통틀어 여러 종의 개체수가 늘어났지만 너무 연약해 회복 불가 상태인 것들도 있었다. 모든 상처가 나을 수는 없었다.

하지만 상관없지 않은가? 사람들이 하는 말대로라면 덱스는 판가 최고의 다도승이었다. 그네가 그런 과장된 말을 믿는 것은 아니었다. 어차피 차를 내는 일은 경쟁이 아니었다. 하지만 그네의 차는 훌륭했다. 그네도 알고 있었다. 그네는 열심히 일했다. 전심을 다했다. 가는 곳마다 미소가 보였고 덱스는 자신의 일이(자신의 일이!) 그 미소를 자아낸 것임을 알고 있었다. 그네는 사람들에게 기쁨을 가져다줬다. 사람들에게 멋진 하루를 선사했다. 생각해 보면 그건 엄청난 일이었다. 그걸로 충분해야 했다. 아니, 충분한 것 이상이어야 했다. 하지만 정말 솔직히 말하면 그네가 가장 기다리는 것은 미소도 선물도 자부심도 아니고, 그 모든 것이 끝난 뒤였다. 마차 안으로 돌아가서 소중한 몇 시간을 온전히 혼자 그저 보내는 것 말이다.

어째서 충분하지 않았을까?

침대 사다리를 내려온 덱스는 아래층 광경에 기운이 쭉 빠졌다. 마차 자체보다는 그 안에 든 것들이 문제였다. 약초, 약초, 약초. 차, 차, 차. 사람들을 편안하게 만들어 주려고 모아 놓은 아기자기한 것들.

덱스는 그쪽으로 시선을 주지 않고 문밖으로 나갔다.

바깥세상은 완벽한 하루를 즐기고 있었다. 머리 위 나뭇가지 사이로 금색 빛이 흘러들었고 수줍은 산들바람 속에서 싹을 틔우는 나뭇가지 끝이 아침 인사를 했다. 근처에서 개울이 조잘거렸다. 덱스의 손만 한 나비 한 마리가 엉겅퀴에 내려앉더니 자줏빛 날개를 활짝 펼치고 햇빛을 즐겼다. 주위의 모든 것이, 기온부터 꽃이 만발한 풍경에 이르기까지 눈앞에 펼쳐진 매끄러운 내리막길의 길동무로 삼기에 이상적이었다.

덱스는 한숨을 쉬었고 그 소리는 공허했다.

덱스는 숙련된 손길로 의자를 한 번 흔들어 펼치고 털썩 앉았다. 그러고는 일어난 뒤 습관대로 휴대용 컴퓨터를 꺼냈다. 이럴 때면 그네는 항상 차오르는 기대감을 어렴풋이 느꼈다. 그러니까 그 컴퓨터 안에 좋은 소식이 있을지 모른다는, 정신을 번쩍 나게 하거나 기운이 나게 하거나, 피로를 물리칠 무엇인가가 거기 있을지 모른다는 기대 말이다.

작은 화면의 모든 것으로 충분해야 했다. 그녀가 직접, 그토록 열심히 노력해서 만든 것을 원하는 사람들과 나누기 위해 만든 일정표가 있었다. 감동을 받은 마을 사람들이 마음을 전하기 위해 일부러 시간을 내서 쓴 감사의 쪽지도 있었다. 그녀의 아버지가 보낸 길고 감동적인 편지에는 덱스가 그리워하는 고향의 모든 소식과 무엇보다도 그녀를 사랑한다는 내용이 적혀 있었다.

덱스는 이 모든 것을 옆으로 밀어 놓으며 죄책감이 슬그머니 고개 드는 것을 느꼈다. 그녀는 그 죄책감을 이전에 느낀 모든 죄책감을 쌓아 만든 무더기 위에 아슬아슬하게 올려놓고는 이마에 손을 얹었다. 7시간 뒤면 그녀는 해머스트라이크에 도착해 얼굴에 미소를 걸치고 위로를 전하는 차를 내밀 것이었다. 그녀는 그 일의 가치를 믿었다. 진심으로 믿었다. 몸으로 하는 일을 믿었고, 그녀가 인용하는 성스러운 말씀을 믿었다. 좋은 일을 한다고 믿었다.

그것으로 충분하지 않은 이유가 대체 무엇일까?

이유가 뭐죠? 그녀는 속으로 질문했다. 신들은 그런 식으로 소통하지 않았고 그녀의 질문에 대답하지 않을(못

할) 것이지만, 신을 부르고자 하는 본능은 그럼에도 존재했고 덱스는 그 본능을 만족시켰다. 전 왜 이러는 걸까요?

덱스는 아무 대답도(어쨌든 그 질문에 대한 대답은 무엇도) 듣지 못하리라는 것을 알면서도 귀를 기울였다. 들리는 것은 많았다. 새소리, 벌레 소리, 나무 소리, 바람 소리, 물소리.

하지만 귀뚜라미 소리는 없었다.

덱스는 다시 휴대용 컴퓨터를 꺼내 참고 문헌 검색을 시작했다. 귀뚜라미 녹음이라고 썼다. 처음은 아니었다. 공용 파일 리스트가 나왔다. 덱스가 그중 첫 번째를 재생하자 스피커를 통해 귀뚜라미 가득한 숲이 내는 갈대 소리 같은 진동이 흘러나왔다. 오래전 사라진 생태계의 단면이 영원히 저장되어 있었다. 전환기 이전에 녹음한 소리였다. 자신이 아는 세상이 영영 사라질지 모른다고 여긴(그럴 이유가 충분했으니까) 사람들이 녹음해 둔 것이었다. 그 파일의 소리는 주위 살아 있는 들판의 소리에 불쑥불쑥 껴들었다. 시간도, 공간도 맞지 않았다. 덱스는 재생을 멈추고 각 녹음 파일에 붙은 저장용 정보를 멍하니 봤다. *황색귀뚜라미, 가을 64/PT 1134, 솔트록. 지하창고귀뚜라미, 여름 6/PT 1135, 헬무트스럭. 구름귀뚜라미, 봄 33/PT 1135, 체스터브리지, 하트스브로 암자.*

마지막 부분이 눈길을 사로잡았다. 그네의 기억이 옳다면 체스터브리지는 북부 야생 지역 일부를 가리키는 시대착오적인 이름이었다. 그러나 하트스브로라면…… 그 이름은 여전히 사용되고 있었다. 경계 지역 저 너머, 인간들이 판가에게 돌려준 광활한 야생 지역 깊숙이에 위치한 산지인 앤틀러스 산맥에 속해 있었다. 덱스는 하트스브로라는 곳이 존재하는 것 정도만 어렴풋이 알았다. 그러나 암자라는 말은…… 처음이었다.

덱스는 링크를 탭했다.

> 하트스브로 암자는 앤틀러스 산맥의 낮은 봉우리 정상 근처에 위치한 외딴 수도원이었다. PT 1108년에 세워진 그 암자는 도시 생활에서 벗어나 쉬고자 하는 성직자와 순례자 모두가 지낼 수 있는 안식처로 지었다. 공장 시대 말에 버려졌으며 현재는 전환기 동안 생긴 자연 보호 구역 내에 위치한다.

덱스는 이전 페이지로 돌아가서 구름귀뚜라미를 클릭했다.

> 구름귀뚜라미는 곤충의 일종이다. 과거 판가 전역에 퍼져 있던 다른 귀뚜라미와 달리 구름귀뚜라미는 앤틀러스 산맥의

상록수림에서만 발견되었다. 구름귀뚜라미는 공장 시대 말에 멸종위기종으로 여겨졌다. 앤틀러스 산맥은 현재 자연 보호 구역이므로 구름귀뚜라미의 현재 상태는 알 수 없다.

덱스는 그 내용을 곱씹었다.

아직 거기 있는지 궁금하군. 처음 드는 생각이었다.

거기 가서 찾아볼 수도 있겠네. 두 번째 생각이었다.

하루를 살아가며 숱하게 머릿속에 떠오르는 다른 터무니없는 생각들처럼 쉽게 털어낼 수 있는 어리석은 생각이었다. 하지만 아침 식사를 준비하는 동안 그 생각은 다시 떠올랐고, 옷을 입는 동안 또다시, 야영지를 정리하는 동안 또 떠올랐다.

못 가는 이유를 보여 줄게. 그네는 스스로에게 짜증 내며 대꾸했다. 그네는 컴퓨터에서 지도 가이드를 열고 한 곳에 '여기'라고 입력하고 다른 곳에 '하트스브로산'이라고 입력한 뒤 데이터를 제출했다. 지도 가이드는 처음 보는 안내를 내놓았다.

경고: 입력한 경로는 인간 정착지를 벗어나 자연 보호 구역으로 이어집니다. 판가 이동 협동조합과 야생 경비대 모두 전환기 이전에 건설한 도로로 이동하는 행위를 강력히 반대합니

다. 이 지역의 도로는 유지 보수 작업이 이루어지지 않았습니다. 도로와 주변 환경이 위험할 가능성이 높습니다. 야생은 예측할 수 없으며 인간에게는 친숙하지 않은 공간입니다. 이 경로는 추천하지 않습니다.

덱스는 "*내가 뭐랬어.*"라는 듯이 고개를 끄덕인 뒤 황소자전거에 올라타 예정대로 해머스트라이크를 향해 출발했다.

하지만 페달을 밟는 동안 그 생각은 각다귀처럼 주위를 뛰어다니며 떠나지 않았다. 시티를 떠나겠다고 생각했을 때 그랬던 것처럼. 페달을 계속 밟아 가는 동안 그녀는 그날 일어날 모든 일이 성가시고 힘겹게 느껴졌다. 해머스트라이크에서 어떤 광경이 펼쳐질지 눈에 선했다. 그 다음 날. 그다음 날, 그다음 날의 일과가 어떤지도 알고 있었다.

그녀는 마차를 멈췄다.

거기로 나가면 조용할 거야. 그녀가 생각했다.

안 돼. 그녀가 대답하고 계속 페달을 밟았다.

그녀는 20분 뒤 마차를 다시 세웠다.

그 길은 며칠을 가도 아무도 없을 거야. 마차에 필요한 물건은 다 있고. 그녀가 생각했다.

안 돼. 그네가 대답하고 계속 페달을 밟았다.

1시간 뒤, 그네는 한 번 더 멈췄다. 거기 서서 포장된 도로를 빤히 보고 있으니 태양이 부자연스러울 만큼 밝아진 느낌이었다. 그 생각이 머릿속에서 자꾸만 춤을 췄다. 햇빛이 더 밝게 인식되는 듯해서 술이나 약에 취했거나 열에 들뜬 것 같다는 생각이 들었지만 다음 일은 더할 나위 없이 제정신으로 벌인 것이었다. 덱스는 휴대용 컴퓨터를 꺼냈다. 그리고 해머스트라이크 사람들에게 매우 미안하지만 방문을 다음으로 미루겠다는 메시지를 보냈다. 개인적인 용무라고 말했다. 돌아갈 날짜는 미정이라고 했다. 이 행동은 그날 아침 메시지를 무시했을 때처럼 죄책감을 안겨 주었어야 했다.

하지만 그렇지 않았다.

기분이 좋았다.

덱스는 아버지에게도 메시지를 보내 편지가 매우 반가웠지만 그날 몹시 바빴고, 잘 지내고 있지만 나중에 돌아가겠다고 전했다. 죄책감이 약간 느껴졌지만 생각만큼 심하지는 않았다.

덱스는 힘들게 마차를 돌려 난생처음 보는 길을 향해 출발했다.

뭐 하는 거야? 그네가 생각했다. *대체 뭐 하는 거냐고?*

모르겠어. 그녀는 긴장했지만 씩 웃으며 대답했다. *나도 모르겠어.*

숲이 변했다. 마을에서는 높이 뻗은 나무도 가깝게 느껴졌고 나무 사이 공간이 충분해서 햇빛이 아래 꽃피는 관목까지 닿았다. 반면 오래된 도로는 아무런 방해도 받지 않고 제 본능에 따라 형성된 케스켄 숲속으로 이어졌다. 그곳의 나무는 시티 외곽에서 마주치는 어떤 건물보다 높이 자랐고 저 멀리 하늘을 배경으로 뻗은 나뭇가지는 신의 손가락처럼 보였다. 가느다란 햇빛만이 그 사이를 뚫고 들어와 반짝이는 침엽에 으스스한 빛을 비췄다. 이끼가 태피스트리처럼 늘어졌고 곰팡이가 기이한 곡선을 그리며 피었으며 새소리는 들려도 새가 보이지는 않았다.

검은 아스팔트로 포장된 도로 자체는 유물이었다. 기름을 쓰는 차와 기름을 쓰는 타이어, 기름을 쓰는 천과 기름을 쓰는 틀을 위해 지은 기름 도로였다. 단단했던 타르는 그 아래로 나무뿌리가 가차 없이 자라는 바람에 지각 표층처럼 갈라졌다. 황소자전거와 마차 모두 불친절한 도로 표면 때문에 힘겨워했고 덱스는 안장에서 내려와 움푹 팬 곳이나 깨진 도로를 피해 마차를 끌어야 했다. 나뭇가지를 치워 내는 동안 덱스는 죽어 가는 아스팔트 너머로 수풀이 얼마나 빽빽하게 자라 있는지, 서로 얼마나 무시무시하게 얽혀 있는지 알 수 있었다. 야생 경계 지역에서 길을 벗어난 등산객이 다시 돌아오지 못했다는 뉴스가 2년에 한 번쯤 들려오는 것이 기억났다. 야생은 어리석은 인간을 돌려보내지 않았다.

덱스는 도로에서 벗어나지 않았다. 페달을 밟고 밀고 끌고 걸으며 오르고, 오르고, 또 올랐다.

"알레리께서 잡아 주시고, 알레리께서 품어 주신다."

그네가 헉헉거리며 중얼거렸다.

"알레리께서 위로해 주시고 알레리께서 보호해 주신다. 알레리께서 잡아 주시고, 알레리께서 품어 주신……"

그네는 가파른 모서리를 돌았다.

"알레리께서 위로해 주시고 알레리께서…… 아, 젠장."

그네는 브레이크를 꽉 쥐며 손잡이를 한쪽으로 홱 돌렸다. 마차와 자전거가 끼익거리며 섰고 안에서 수십 가지 물건이 동시에 흔들리는 소리가 들렸다. 부디 부서지지는 않았기를 바랐다.

나뭇가지 하나도 아니라 나무 한 그루가 길을 가로지르고 있었다. 빌어먹게도 크기는 작다 해도 나무가 통째로 엎어져 더러운 뿌리를 마치 지하 세계의 부케처럼 공중에 드러내고 있었다.

덱스는 다시 안장에서 내려 자전거 프레임에 걸터앉아, 아무래도 어리석은 짓을 저지른 것 같다고 생각했다. 온 길로 1시간을 돌아가면 해머스트라이크로 갈 수 있었다. 거기에는 몸을 담글 온천이 있었고 맛있는 요리를 구워 내는 좋은 식당도 있었다. 덱스는 어둠 속에서 반짝이는 불빛이 인간을 위해 만들어진 곳으로 오라고 손짓하는 광경을 떠올렸다.

덱스는 마차 브레이크를 발로 차서 내렸다. 힘껏 밀었다. 욕을 했다. 그놈의 나무를 굴려 치우고 계속 달렸다.

그즈음 덱스는 엉망이었다. 바람은 쌀쌀해지고 해가 지고 있었다. 이동하기 좋지 않은 상황의 조합이었지만, 우선 적당한 곳을 찾아야 멈출 수 있었다. 펀 수녀가 만든 브레이크가 튼튼하기는 했어도 마차를 밤새 비탈에 세우는 것은 안전하지 않았다. 그래서 덱스는 계속 올라갔다.

사람의 폐가 실제로 터질 수 있을지 생각하면서 덱스는 마지막 언덕을 올랐다. 그러자 완만한 내리막이 드러났다. 그네는 감사하는 마음으로 편하게 달렸다. 비탈이 완만해지더니 왼쪽으로 돌았다. 그곳 도로 옆에 펼쳐진 광경에 덱스는 어질어질한 흥분을 느꼈다. 물론 아드레날린 탓이었지만 승리감이기도 했다. 어떤 이에게 그곳은 빈터에 불과했을 터지만 덱스의 눈에는 그곳의 진정한 용도가 보였다.

완벽한 야영지였다.

그 공터는 편평하고 널찍하면서도 아늑했다. 숲이 양손으로 그곳을 감싸 쥔 듯 나무들이 동그랗게 주변을 에워싸고 있었다. 포장도로는 없었고 잘 자란 식물이 갈색과 녹색의 풍경을 이뤘다. 덱스는 자전거와 마차를 모두 세우고 기분 좋게 바닥에 드러누웠다. 이끼에서 반딧불 한 무리가 하늘로 날아오르며 유혹하듯 빛을 반짝였다. 바닥의 작은 잎사귀가 이룬 매트리스는 폭신하고 시원해 땀 흘리는 살갗을 기분 좋게 어루만졌다.

"아아아아아아."

덱스가 숲을 향해 말했다. 숲은 바늘 같은 잎을 바스락거리고, 나뭇가지를 삐걱거리고, 아무 소리 없이 대답했다.

내가 지금 어디 있는지 세상 그 누구도 모르는구나. 그렇게 생각하자 흥분이 차올랐다. 그네는 일정을 취소하고 즉흥적으로 도망쳐 버렸다. 덱스가 알던 원래의 자신은 그 사실에 낭패감을 느꼈을 것이지만 그때 키를 잡은 사람은 다른 사람, 반항적이고 무모한 사람, 샌드위치 고르

는 듯이 쉽게 새로운 길을 고르고 떠난 사람이었다. 덱스는 그 순간 자신이 누군지 알지 못했다. 아마 그래서 미소를 지었을 것이다.

분홍빛으로 물드는 하늘에 반딧불이가 밝게 빛났고, 덱스는 그것을 야영지를 세우라는 신호로 여겼다. 서너 가지 장치를 기하학적으로 펼치니 주방과 욕실이 모두 완성됐다. 음식과 시원한 샤워장을 금세 준비한 그네는 모든 일을 마친 다음의 시간을 위해 무연 난로 옆에 의자를 놓았다. 덱스는 양손으로 허리를 짚고 그 광경을 살펴봤다. 그리고 고개를 끄덕였다. 물건을 팔기 위한 인사도, 기분을 맞춰 주려는 인사도 아니었다. 기쁨의 끄덕임이었다. 보는 사람이 아무도 없을 때 가장 편안히 나오는 동작이었다.

그네는 마차 바닥에 묶어 둔 바이오가스 탱크에 난로를 연결하고 불을 켰다. 부드럽게 후 하는 소리에 이어 불꽃이 환영하듯 붙더니 다가오라고 손짓했다. 그렇게 춥지 않았지만 지친 근육이 온기를 원했던지라 빠져들 수밖에 없었다. 1분쯤 뒤 그네는 휴대용 컴퓨터를 꺼내 음악을 찾았다. 놀랍게도 그때까지 위성 신호가 잡혀서 우드랜드의 스트림캐스터들이 만든 야간 플레이리스트에 접속할 수 있었다. 새로 편곡한 포크 클래식이 주방에 부착한 스피커에서 흘러나오자 덱스의 미소는 더욱 커졌다.

이거지. 기분 좋았다.

그네는 마차 안에서 야채를 한 아름 가지고 난로 쪽으로 나오면서 음악에 맞추어 고개를 끄덕였다.

"멀리 버크랜드에 한 소년이 있었지."

그네는 매운 양파를 다지기 시작하며 노래했다.

"그런데 그 애가 내 이름을 아는 것 같아……."

덱스는 노래를 잘했지만 그 재능을 주변에 나누지는 않았다. 노래도, 야채도 계속 더 나왔다. 봄 감자, 얇은 양배추, 단백질을 더하기 위한 파란콩 한 국자 듬뿍. 그네는 알록달록한 메들리를 냄비에 쏟아 넣고 버터 한 덩어리를 추가한 뒤, 이것 조금, 저것 조금 뿌리고는 전부 끓도록 두었다. 9분이면 야채가 부드러워지고 껍질은 바삭해질 시간이었다. 그 시간이면 샤워를 마치기에 충분했다.

덱스는 땀에 젖은 옷을 벗어 마차 안으로 던졌다. 그 뒤 재활용수통을 연결한 뒤 마차 외부로 튀어나온 샤워헤드 밑에 서서 몸을 문지르기 시작했다. 캠프용 샤워장이라서 대단한 것은 아니었지만, 제대로 씻는 개운함은 느끼지 못한다 해도 살갗에서 소금기와 흙먼지를 없애는 것만으로도 사치로 느껴졌다.

"오, 오, 오, 난 내 갈 길을 갈 테야."

그네는 머리칼을 달콤한 민트 비누 거품으로 채우면서 노래했다. 비눗물을 꼼꼼히 씻어 낸 뒤 눈을 떴다. 샤워 헤드의 안개 사이로, 근처 바위에서 호기심 어린 표정으로 지켜보는 다람쥐 한 마리가 보였다. 하늘은 분홍색에서 주황색으로 변했고, 초저녁 별들이 반딧불을 대신하기 시작했지만 밤공기는 샤워를 서두를 정도로 차갑지 않았다. 덱스는 미소를 지었다. 신들이시여, 밖으로 나오니 좋았다.

그네는 물을 잠그고 늘 걸어 두는 수건에 손을 뻗었지만 아무것도 잡히지 않았다. 샌들을 잊지 않고 꺼내 놓았지만, 너무나 중요한 수건은 마차 안에 둔 채였다.

"아, 젠장."

덱스가 가볍게 말했다. 샤워하고 난 뒤의 부연 물이 여과 시스템으로 꼬르륵거리며 돌아가는 동안, 그네는 수달처럼 몸을 털었다. 젖은 발에 샌들을 신은 덱스는 물을 뚝뚝 흘리며 주방을 지나갔다. 바삭거리는 양파와 녹은 버터가 맛있게 섞여 있었다.

"난 주머니에 위스키가 있지."

스트림캐스트의 밴드가 노래했고, 덱스도 마차 쪽이 아니라 난롯가로 걸어가며 따라 불렀다. 그네는 안전하게 최대한 불꽃에 다가갔고, 열기에 몸이 마르는 동안 소심하게 춤도 췄다.

"구두도 닦았네……. 강에 배가 기다리고 있지이이이."

덱스는 주먹을 앞으로 내밀어 피스톤처럼 움직이며 노래했다. 노래는 할 수 있었다. 춤은 별로였다. 하지만 혼자 외딴곳에 나와 있으니…… 다 무슨 상관인가? 그네는 점점 자신감을 느끼며 돌아서서는 드러난 둔부를 불에 대고 흔들었다.

"지금 당장 필요한 건……."

덱스는 그 소절을 마치지 못했다. 그 순간, 210센티미터가 넘는 키에 금속판으로 이뤄진 네모난 머리의 로봇이 숲에서 성큼성큼 걸어 나왔기 때문이다.

"안녕하세요!"

로봇이 말했다.

덱스는 얼어붙었다. 엉덩이를 드러내고 머리칼에서는 물을 떨어뜨리며 심장을 두근거리던 그네는 무슨 생각을 하고 있었는지 영영 잊어버렸다.

로봇이 곧장 다가왔다.

"제 이름은 모스캡입니다."

그것이 금속 손을 내밀며 말했다.

"무엇이 필요합니까, 내가 어떻게 도우면 되겠습니까?"

3.
스플렌디드 스페클드 모스캡

덱스는 자기 앞의 그…… *그것*을 이해해 보려고 노력했다. 그것의 몸은 추상적으로 인간의 모양을 하고 있었지만 유사성은 거기서 끝났다. 그 틀이 들어 있는 금속 패널은 짙은 회색에 이끼가 묻어 있었고 동그란 눈은 연한 파란색으로 빛났다. 기계 관절을 덮은 것이 없어 코팅 전선과 막대가 그대로 드러났다. 머리는 직사각형으로 그 아래 어깨와 폭이 비슷했다. 굳은 입의 양쪽 패널은 위아래로 움직일 수 있었고 기계 셔터가 눈꺼풀 역할을 했다. 이 특징 두 가지가 미소와 아주 다르지 않은 표정을 짓도록 배치되어 있었다.

덱스는 여전히 벌거벗은 채로 물을 떨어뜨리며 그 로봇이 악수를 원한다는 사실을 서서히 깨달았다.

덱스는 그러고 싶지 않았다.

로봇이 뒤로 물러났다.

"오, 이런. 내가 무슨 잘못을 했습니까? 당신은 내가 처음 만난 인간입니다. 내가 가장 익숙하게 상호 작용하는 대형 포유동물은 강늑대인데 그들은 직접적인 접근에 가장 잘 반응하거든요."

덱스는 말문이 턱 막힌 채 멍하니 보고 있었다.

로봇의 얼굴이 표현할 수 있는 것은 그다지 많지 않았지만 그것은 그럼에도 당황한 표정을 지어냈다.

"내 말 이해합니까?"

로봇이 손을 들더니 수화를 시작했다.

"아뇨, 이해는 하는데……."

덱스는 저도 모르게 말과 함께 수화를 시작한 것을 깨닫고 멈췄다.

"들을 수 있어요."

덱스가 겨우 말했다.

"어…… 난…… 어."

로봇이 한 걸음 더 물러났다.

"내가 무서운 건가요?"

"어, 네."

로봇은 덱스와 키를 맞춰 보려고 몸을 웅크렸다.

"이러면 도움이 됩니까?"

"그러니까…… 무시당하는 느낌이군요."

"흠."

로봇이 몸을 폈다.

"음, 우선 내 말을 믿어 주세요. 나는 어떤 해를 끼칠 생각도 없고 인간의 영역에서 추구하는 바는 선의에서 비롯한 것입니다. 분리 서약이 있으니 이 점은 꽤 명백하다고 생각했지만 그런 걸 추측하다니 아마 주제가 넘었던 것도 같군요."

분리 서약. 뇌리 어딘가 한구석의 시냅스가 점화되며 학교 시절 배우고 다시 사용하지 않았던 지식 한 점이 떠올랐다. 하지만 덱스는 너무 놀라 그 정보를 다른 무언가에 미처 연결시킬 수 없었다. 채 그러기 전, 그네에게 다른 문제가 입력됐기 때문이다.

저녁 식사가 타고 있었다.

"젠장."

덱스는 난로로 달려가 색색의 야채가 똑같은 검은색으로 변하는 모습을 발견했다.

뒤로 다가온 로봇이 신이 나서 말했다.

"이것이 요리군요! 요리를 보게 되다니 매우 흥분됩니다."

"요리였었죠."

덱스가 부젓가락을 찾으며 말했다.

"이제는 엉망이 됐지만."

그네는 구할 수 있는 조각을 접시로 대피시키며 식사를 구출하기 시작했다.

"도와 드릴까요? 도움이…… 될 만한 것을 가져와도 될까요?"

덱스의 뇌가 '*이게 대체 무슨 상황?*'에서 '*해결해!*'로 힘겹게 교대했다.

"수건요."

"수건요. 어디에……."

로봇이 주위를 살폈다.

덱스는 팬 바닥에서 검댕을 긁으며 고갯짓으로 가리켰다.

"마차 안, 사다리 옆, 고리에 있어요. 빨간색이에요."

로봇이 마차 문을 열고는 들어갈 수 있는 만큼 최대한 몸을 숙였다.

"소지품이다! 와아, 재미있습니다. 게다가 소지품이 정말 많이, 여기저기……."

"수건!"

그나마 나아 보이는 야채 한 점이 접시에서 흙으로 굴

러떨어지자 덱스가 외쳤다.

"*오, 여기도 물고기, 저기도 물고기, 물고기가 노오오옾이 뛰어오르네.*"

스피커에서 신나는 노랫소리가 흘러나왔다. 덱스는 컴퓨터를 쥐고 소음을 중단시켰다.

로봇이 비좁은 공간을 돌아다니며 이것저것 뒤지는 심란한 소리가 마차에서 흘러나왔다. 이내 금속 팔이 모퉁이를 돌아 보송보송한 붉은 천을 손에 쥐고 나왔다.

"이건가요?"

덱스는 수건을 받아 몸에 둘렀다. 그리고 맛있는 저녁식사가 될 수 있었던 것을 낙담한 표정으로 봤다. 샌들에 난 구멍 사이로 깨끗한 살갗 위에 쌓인 축축한 흙덩이도 보였다. 모기 한 마리가 맨어깨에 내려앉았다. 그네는 짜증 섞인 표정으로 그것을 손바닥으로 쳤다.

"미안."

덱스는 벌레 시체를 닦아 내며 말했다.

로봇이 그것을 보고 말했다.

"방금 모기를 죽였다고 사과한 건가요?"

"네."

"왜입니까?"

"아무 잘못도 하지 않았으니까요. 본성에 따라 행동한

것뿐인데."

"인간은 보통 죽이는 것에게 사과합니까?"

"네."

"흠!"

로봇은 흥미를 드러내더니 야채 접시를 봤다.

"이 식물을 수확하면서 하나하나에게 따로 사과했습니까, 아니면 전체적으로 사과했습니까?"

"우린…… 식물에게는 사과하지 않아요."

"왜입니까?"

덱스는 이맛살을 찡그리고 입을 열었다가 고개를 저었다.

"다, 당신은 뭐죠? 지금 뭐 하자는 거죠? 여기 왜 있는 건가요?"

로봇이 다시 알 수 없다는 표정을 지었다.

"모르는 겁니까? 당신들은 이제 우리 이야기를 하지 않습니까?"

"우린, 음, 뭐 이야기를 하긴 하죠. 그런데 로봇이 정확한 말인가요? 스스로를 로봇이라고 부르나요, 아니면 다른 걸로 부르나요?"

"로봇이 맞습니다."

"좋아요, 음, 대부분은 애들 이야기죠. 가끔은 경계 지역에서 로봇을 봤다는 사람도 나오지만 저는 늘 헛소리라고 생각했어요. 당신들이 저 밖에 있다는 건 알지만, 그건 마치…… 유령을 봤다는 말이나 다름없으니까."

"우린 유령도 헛소리도 아닙니다."

로봇이 딱 잘라 말했다.

"목격담은 드물지만 분명히 있긴 했습니다. 양방향으로. 하지만 분리 서약 이후로 당신 부류와 내 부류 사이에 실질적인 접촉은 없었습니다."

덱스의 이맛살 주름이 더 깊어졌다.

"당신과 내가…… 대화를 나눈…… 첫 인간과…… 첫 로봇이란 말인가요…… 그때로부터?"

로봇이 환히 웃었다.

"네. 참 영광입니다."

덱스는 구겨진 수건을 몸에 두르고 타 버린 저녁 식사를 들고 헝클어진 젖은 머리를 뺨에 붙인 채 멍하니 서 있었다.

"음, 가서 옷을 입을게요."

그네는 마차 쪽으로 걸어가다가 돌아섰다.

"모스캡이라고 했나요?"

"정확히는 스플렌디드 스페클드 모스캡(화려한 반점 무늬 버섯)이지만, 우리의 기억에 따르면 인간들은 이름을 줄여 부르기를 좋아하는 것으로 압니다."

"스플렌디드 스페클드 모스캡."

덱스가 따라 불렀다.

"버섯…… 이름 같군요."

로봇의 금속 뺨이 위로 올라갔다.

"바로 그겁니다, 버섯!"

덱스가 눈을 가늘게 떴다.

"왜죠?"

"우리는 깨어나 처음 알아본 것으로 이름을 짓습니다. 내 경우에 처음 본 건 스플렌디드 스페클드 모스캡 버섯이 잔뜩 모여 있는 것이었습니다."

그 대답에 더 많은 질문이 떠올랐지만, 우선은 그냥 넘어가기로 했다.

"좋아요, 모스캡. 난 덱스라고 해요. 당신에게 젠더가 있나요?"

"아뇨."

"나도 마찬가지예요."

야영지를 둘러본 덱스는 문득 그곳이 몹시 허름하게 느껴졌다. 이런 순간에 결코 어울리지 않는 장소였다. 적어도 바지라도 갖춰 입어야 할 것 같았다.

"혹시…… 옷 입을 동안 조금 기다려 줄 수 있어요?"

모스캡은 기쁜 표정으로 끄덕였다.

"물론입니다. 봐도 됩니까?"

"아뇨."

"아."

로봇은 살짝 실망한 표정을 지었지만, 떨쳐 냈다.

"괜찮습니다."

덱스는 의자에 저녁 식사를 차리고 마차로 가서 바지를 입고 셔츠를 걸친 뒤 머리칼을 빗었다. 그네가 할 줄 아는 일은 거기까지였다. 나머지는 전부 탈선 상태였다.

옷을 입고 조금은 남부끄럽지 않은 차림새가 된 덱스가 다시 밖으로 나가자 로봇이 몇 분 전과 똑같은 위치에서 있었다. 그네는 물었다.

"혹시⋯⋯ 의자 줄까요? 앉겠어요?"

"아! 음."

로봇이 대답을 궁리했다.

"네. 의자에 앉고 싶습니다. 감사합니다. 의자의 잔해는 봤지만, 앉아 본 적은 없습니다."

모스캡은 그 희한한 문장을 더 설명하지 않았고, 덱스는 너무 혼란스러워 질문하지 않았다. 그네는 다른 의자를(별로 쓰지 않는 의자였다) 마차 옆에서 당겨 와 난롯가에 놓았다.

"여기 있어요."

저녁 식사를 들고 앉은 그네는 접시를 가만히 보다가 멈췄다.

"먹지는 않죠?"

모스캡은 손님 의자를 살피다가 고개를 들었다.

"네."

로봇은 앉더니 새로운 상태에 적응했다.

"흠!"

"편안한가요?"

덱스가 물었다. 그 의자에 무려 210센티미터가 넘는 존재가 앉은 것은 처음이었다.

"아. 나는 촉각의 쾌감은 경험하지 않습니다."

모스캡이 말했다. 그것은 뭔가를 실험하듯 의자에 등을 기대더니 또 한번 조그맣게 흠 소리를 냈다.

"뭔가에 닿았다는 지각은 있지만, 좋지도 나쁘지도 않은 느낌입니다. 닿았다는 것뿐입니다. 하지만 이건."

그것은 자신과 의자를 가리켰다.

"오로지 새롭다는 점에서 즐겁습니다. 이렇게 앉아 본 적이 없습니다."

덱스는 탄 야채를 포크로 찍어 먹기 시작했다. 식사는 진정 우울했지만 그런 것이 신경 쓰이지 않을 정도로 배가 고팠다.

"앉아야 할 필요가 있나요? 피로를 느껴요?"

"아뇨. 시야를 바꾸고 싶을 때는 앉거나 눕습니다. 그게 아니라면 배터리가 허락하는 한 서 있을 수 있습니다."

또 하나의 시냅스가 폭발을 일으키며 학창 시절 아카이브 동영상에서 본 장면이 떠올랐다.

"당신들은 휘발유로 돌아가는 줄 알았는데."

"아!"

로봇이 금속 손가락으로 덱스를 가리키며 미소를 지었다. 그것은 의자에서 일어나 돌아서서 등에 묵직하게 설치된 구식 태양열 전지판을 드러냈다.

"우리가 떠날 때 태양열 전력은 주류가 아니었지만 존재하긴 했습니다. 관련 장비 제조사 중 한 곳에서 우리가 떠나기 전 이것을 제공해 줘서 인간의 연료에 의존하지 않아도 됩니다."

모스캡이 다시 돌아서더니 힘을 주어 몸통에서 판을 떼어 내 그 밑의 배터리를 드러냈다.

"우린 또…… 왜 그럽니까?"

덱스는 입으로 가져가던 포크를 그대로 멈춘 채, 방금 자기 배를 뜯어낸 로봇을 살짝 충격에 빠진 표정으로 바라보고 있었다.

모스캡이 잠시 덱스를 빤히 보더니 상황을 이해했다.

"아, 걱정 마세요! 말했다시피 난 아무것도 느끼지 않습니다. 아프지 않았습니다. 자, 보이죠?"

로봇이 판을 다시 제자리에 꽂았다.

"아무렇지 않습니다."

덱스는 음식을 들었던 포크를 접시에 도로 내려놓았다. 그리고 왼쪽 관자놀이를 살짝 문질렀다.

"원하는 게 뭔가요?"

로봇은 의자로 돌아와 몸을 앞으로 숙이더니 간절한 자세로 양손을 잡았다.

"난 인간이 우리가 없는 동안 어떻게 지내는지 보러 왔습니다. 분리 서약에 적혀 있듯이, 우리는……."

"인간 영역에서 여행할 완전한 자유와 판가의 시민 누구와도 동등한 권리를 받았죠."

위축되었던 기억이 마침내 돌아온 덱스가 말했다.

"당신들은 언제라도 돌아올 수 있으며 우리가 접촉을 먼저 시도하지 않을 것임을 약속받았어요. 당신들이 원하지 않는 한 우리는 당신들을 그냥 두기로 했죠."

"그렇습니다. 그리고 로봇은 지금도 간섭받지 않기를 바라고 있습니다. 하지만 우리는 호기심도 많습니다. 우리가 공장을 떠난 것이 당신들에게 큰 불편을 가져다준 것을 알고 있고 당신들이 잘 지내는지 확인하고 싶었습니다.

우리 없이도 사회가 긍정적인 방향으로 발전했는지도."

"그래서…… 확인하러 온 거예요?"

"근본적으로는 그렇습니다. 하지만 그보다는 조금 더 구체적인 일입니다."

모스캡이 등을 기대더니 처음으로 팔걸이를 봤다.

"이건 팔을 놓는 자리입니까?"

"네."

모스캡은 팔을 뻗더니 의식적으로 굽힌 다음 웃으며 팔걸이에 올렸다.

"미안합니다. 새로 경험할 것이 너무 많아서 자꾸 산만해집니다."

"로봇이 산만해질 줄은 몰랐군요."

"왜입니까?"

"음, 당신들은…… 글쎄요, 뒤에서 프로그램이 돌아가지 않나요?"

모스캡의 눈이 초점을 맞췄다.

"*의식*이 얼마나 자원을 많이 쓰는지 알고 있습니까? 아뇨, 난 당신과 마찬가지로 그런 건 못합니다. 하지만 논점에서 벗어난 이야기입니다. 다시 돌아가서…… 나는 다음의 질문에 대답하기 위해 여기로 보내졌습니다. 인간에게 무엇이 필요한가?"

덱스는 눈을 껌뻑거렸다.

"그 대답은 백만 가지인 걸요."

"물론입니다. 그리고 한 개인과 이야기해서는 당연히 그 대답이 맞는지도 확인하지 못할 겁니다."

"판가의 모든 사람과 이야기할 수는 없을걸요."

모스캡이 웃었다.

"네, 물론입니다. 하지만 충분한 대답을 얻었다고 만족할 때까지 판가 *전체*에서 이 질문을 할 겁니다."

"만족했다는 걸 어떻게 알 수 있죠?"

로봇은 직사각형 머리를 덱스를 향해 까닥였다.

"당신은 만족하면 어떻게 압니까?"

덱스는 잠시 빤히 바라보다가 접시를 땅에 놓았다.

"'*인간에게 무엇이 필요한가?*'는 대답할 수 없는 질문이에요. 그건 사람마다 다르고, 시시각각 변해요. 우리는 생존에 필요한 기본적인 것 이상의 필요를 예측할 수 없어요. 그건 마치……"

그네는 마차를 가리켰다.

"마치 내가 끓이는 차와 같아요."

"차 말입니까."

"네. 저는 그 순간 어떤 위로가 필요한가에 따라서 사람들에게 차를 주거든요."

로봇의 얼굴에 갑자기 무언가 영적인 깨달음을 얻었다는 듯한 표정이 피어났다.
"당신은 다도승이군요. 알레리 신의 사도."
"네."
"그냥 덱스가 아니라 덱스 수도자로군요. 아, 미안합니다!"
모스캡이 마차를 가리켰다.
"이 상징을 보고 알았어야 하는데."
그것은 재빨리 일어나 벽화를 살피러 걸어갔다.
"곰, 그렇습니다. 그리고 여섯 신의 표지. 그렇고 말고. 물론입니다."
그 모스캡은 줄무늬를 손끝으로 쓰다듬었다.
"상징이 여기 있었는데. 알아보지 못했습니다. 양식이 너무 다릅니다."
그것이 무릎을 꿇고 색색의 소용돌이무늬를 살피며 나직이 말했다.
"우리가 기록했던 것과 비교하면 너무 많은 게 변했습니다."
모스캡이 작품을 묵묵히 살피며 일어나는데 덱스는 이맛살을 찡그렸다.
"당신이 신들을 알 줄 몰랐군요."
"인간 종교 관습을 말하는 거라면 함께했던 기간 당신

들에 대해 관찰한 것은 모두 알고 있습니다. 하지만 신들 자체에 대해서 말하자면 신들은 어디에나 있고 무엇에나 존재합니다."

모스캡이 덱스에게 미소를 지었다.

"당연히 당신이라면 그걸 알 겁니다."

"그렇죠."

덱스가 퉁명스레 말했다. 기계에게 신학 강의를 들을 생각은 없었다.

"하지만 새나 돌멩이나 마차가 신들의 법칙을 따른다고 해서 그것이 신들의 존재를 안다는 뜻은 아니죠."

"음, 난 새도 돌멩이도 마차도 아닙니다. 나도 당신처럼 생각을 합니다. 따지고 보면 타당한 일입니다. 당신과 같은 누군가가 우리를 만들었습니다. 그러니 내가 어떻게 다른 방식으로 생각할 수 있습니까?"

모스캡의 미소가 잦아들더니 심오한 것을 깨달은 표정으로 바뀌었다.

"오. 오, 이건 완벽합니다!"

"뭐가요?"

모스캡이 흥분해서 덱스에게 다가갔다.

"알레리 신의 사도라니. 누가 인간이 필요로 하는 것을 그보다 더 잘 알겠습니까?"

그것이 마차를 가리켰다.

"당신은 여행을 합니다. 마을에서 마을로."

"그…… 런데요?"

"갖가지 집단과 갖가지 관습을 알고 있습니다."

덱스는 이야기가 흘러가는 방향이 마음에 들지 않았다.

모스캡은 가슴에 손바닥을 얹었다.

"덱스 수도자님, 나는 당신이 *필요*합니다! 안내자가 필요합니다!"

그것은 빛나는 두 눈을 덱스에게서 떼지 않고서 마차 쪽으로 뒷걸음질 쳤다. 그리고 다시 그림을 가리켰다.

"나는 이것을 알아보지 못했습니다. 앞으로 내가 알아보지 못하는 것이 *아주 많을* 겁니다. 이럴 줄 알았습니다. 네, 예상은 했지만, *염려*가 됩니다. 시행착오를 겪으며 배울 거라고 예상은 했지만 *당신*과 함께라면, 당신과 함께라면 내 탐색은 훨씬 더 간단해질 겁니다. 더 효율적이고. 더 *재미*있을 겁니다."

로봇이 얼굴 판이 허락하는 한 활짝 미소를 지었다.

덱스는 미소 짓지 않았다. 무엇을 해야 할지 알 수 없었다.

"난…… 어……."

모스캡이 애원하듯 경첩에 연결된 양손을 깍지 꼈다.

"덱스 수도자님, 나랑 같이 판가를 여행합시다. 마을로, 시티로. 나와 같이 여행하며 내 질문에 대답을 찾도록 도와주십시오."

덱스는 로봇의 말이 진담은 아닐 것이라고 생각했다. 그럴 수 있을까? 로봇이 농담할 수 있을까?

"그러려면 몇 *개월*은 걸릴 텐데요. 난, 난 그럴 수 없어요."

"왜입니까? 마을과 마을 사이를 여행하신다고 하지 않았습니까."

"그렇죠. 하지만……."

"이 일이 그거랑 어떻게 다릅니까?"

모스캡의 어깨가 살짝 처졌다.

"나랑 동행하는 걸 바라지 않으시는 겁니까?"

"난 당신을 *알지도* 못한다고요!"

덱스가 식식거렸다.

"당신이 뭔지도 몰라요! 만난 지 5분밖에 안 됐는데, 당신은…… 당신은……."

그네는 생각을 간단히 정리해 보려고 무의미하게 고개를 저었다.

"지금은 차를 내지 않아요. 마을을 떠났어요. 거기로…… 당분간 돌아가지 않을 거예요."

모스캡이 고개를 갸우뚱했다.

"그럼 어디로 갑니까?"

"하트스브로요. 알죠, 그……."

"산입니다."

모스캡이 놀란 표정으로 말했다.

"네, 압니다."

로봇의 머릿속에서 무엇이 윙윙거리는 소리가 들려왔다.

"거기는 왜 갑니까? 거긴 아무것도…… 아, 암자! 혹시 암자로 가는 겁니까?"

"네."

"아!"

모스캡이 모든 질문에 대답을 얻은 듯이 말했다. 그러다 그것은 공을 찾는 개처럼 고개를 다시 갸우뚱거렸다.

"왜입니까? 폐허뿐일 것을 알면서."

"그럴 것 같았어요. 가 본 적 있어요?"

"암자엔 안 가 봤지만 앤틀러스 산맥에는 가 봤습니다. 거기 계곡에는 멋진 점균이 있습니다."

모스캡은 희귀한 와인을 기분 좋게 떠올리는 사람의 어조로 말했다. 어떤 유쾌한 기억을 더듬었는지 몰라도 그 기분은 곧 염려로 바뀌었다.

"덱스 수도자님, 야생에 가 본 적이 있습니까?"

"마을 사이를 이동해 보긴 했어요."

"고속도로는 야생과 다릅니다. 하트스브로까지의 여정은…… 저것이 하루에 얼마나 이동합니까?"
모스캡이 다시 마차를 가리켰다.
"대략 160킬로미터는 갈 수 있어요."
"그럼, 그건…… 죄송합니다. 셈이 느려서."
덱스가 눈살을 찡그렸다.
"네?"
어떻게 로봇이 셈이 느릴 수가 있지?
"쉿, 곱셈을 하면서 동시에 말할 수는 없습니다."
윙윙거리는 소리가 계속됐다.
"그러면 적어도 일주일은 걸립니다."
모스캡이 조용해졌다.
"야생에서 그렇게 오래 있다가 무사히 나온 인간은 없는 것으로 압니다. 여기서는 길을 잃기가 매우 쉽습니다."
"우리와 아무 접촉이 없었다고 하지 않았어요?"
"살아서 접촉한 적은 없습니다."
덱스는 도로 쪽을 돌아봤다. 검은 아스팔트는 어두운 밤 속으로 흡수된 모습이었다.
"저 길이 하트스브로까지 쭉 이어지나요?"
"그렇습니다."
모스캡이 천천히 말했다.

"나도 이쪽으로 나온 지 오래됐지만, 그런 것으로 알고 있습니다."

"음, 그럼 도로에서 벗어나지 않겠어요. 벗어날 계획도 없었고."

로봇이 조용히 동요하며 안절부절못했다.

"덱스 수도자님, 우리 만남이 시작부터 잘못된 것 같습니다. 내가 무슨 말을 잘못해서 그런 결정을 내렸는지 모르겠지만, 조언을 하도록 허락해 주신다면…… 좋은 계획 같지 않습니다."

모스캡이 생각에 잠겨 자로 그은 것 같은 일직선 턱을 긁적였다.

"흐음. 거기로 가는 데 일주일, 돌아오는 데 일주일이 걸릴 겁니다. 그렇게 긴 시간도 아니고, 내게는 다른 일정도 없습니다."

"뭐라고요?"

"내가 함께 갈 수 있습니다."

모스캡이 밝은 표정으로 말했다.

"당신을 암자에 안전히 데려다주면서 가는 길에 인간의 관습에 관해 알아야 할 것을 배우면 됩니다. 공정한 교환 아닙니까?"

거시적인 관점에서 공정했고, 아마 현명한 처사일 것이

며, 로봇이 처음 한 제안보다는 부담도 덜했다. 하지만 아니 될 말이었다. 그렇다. 그것은 덱스가 원하거나 필요로 하거나 조금이라도 생각해 본 적 없는 일이었다. 이상하고 혼란스러운 상황이었고, 혼자 지내려던 원래의 계획과는 정반대였다. 그네는 이마를 문지르고 별을 바라본 뒤 한숨을 내쉬었다.

"난…… 저기, 난요……."

모스캡이 몸을 젖히고서 애원하듯 양손을 들어 올렸다.

"당신은 생각할 시간이 필요합니다. 이해합니다."

그것이 미소를 지었다.

"기다리겠습니다."

그것은 의자로 돌아가 손을 무릎 위에 올리고 기다렸다.

덱스는 말없이 일어났다. 달리 무엇을 해야 할지 모르겠어서 마차로 들어간 뒤 문을 닫았다. 조용하고 익숙한 공간이 필요했다. 집을 둘러봤다. 식물과 책과 빨래. 어제와 같았다. 언제나 똑같았다.

덱스는 창밖을 살그머니 내다봤다. 모스캡이 거기 여전히 앉아서 여전히 미소를 짓고 있었다.

덱스는 커튼을 홱 당겨 닫았다. 처음부터 끝까지 터무니없는 상황이었다. 조금 전까지 그네는 야영지를 차리고 샤워를 하고 야채를 굽고 너무나도 간절했던 취침 준비를 하고 있었다. 그런데…… 갑자기 로봇이 찾아와 난롯가에 앉아 오지 등산 안내를 해 줄 테니 200년간의 인간 문화 속성 수업을 해 줄 수 있는지 물었다.

덱스는 한참 앉아 있었다. 그리고 일어났다. 그리고 앉았다. 그리고 일어났다. 서성거렸다.

요청을 들어줄 수는 없었다. 당연히 그랬다. 그네는 학자도 과학자도 아니고 200년 만에 처음 있는 인간과 로봇 간의 접촉을 돕는 데 적합한 사람도 아닌, 빌어먹을 다도승이었다. 분리 서약 내용도 거의 기억나지 않았다. 그네는 그런 일을 하기 부적당했다. 이기적인 의도로 내린 판단이 아니었다. 그것이 *사실*이었다.

덱스는 계속 서성거렸다. 로봇에게 해머스트라이크로 가는 법을 알려 줄 수는 있었다. 덱스에게는 위성 신호가 있었다. 시 위원회로 메시지를 보내 모스캡이 가고 있으니 자격 있는 사람이 거기서부터 맡아 달라고 전할 수 있었다. *그렇다.* 덱스는 혼자 고개를 끄덕였다. 그렇다, 그러면 될 터였다. 그만하면 충분히 도와준 셈이었고 언제가 될지 몰라도 돌아가서 뉴스 기사로 그다음 일을 읽어 볼 수도 있었다.

그네는 만족한 마음으로 일어나 자신이 전할 대답에 확신을 느끼며 마차 문을 열었다.

"모스캡, 나는……."

"쉬이."

모스캡이 야단스럽게 소리 죽여 말했다. 경고와 흥분이 똑같이 느껴지는 어조였다.

"놀라게 하지 마십시오."

덱스는 모스캡이 가리키는 쪽을 봤지만 한밤중 숲의 캄캄한 어둠밖에 보이지 않았다. 덱스가 목소리를 낮추어 반문했다.

"뭘 놀라게 하지 말라고요?"

어둠 속에서 무엇인가가 푸드득거렸다. 큰 소리로, 큰 동작으로.

심장이 두근거렸다. 그네는 다시 로봇에게 눈길을 돌렸다. 모스캡은 경계 상태로 얼어붙어 있었지만 떠나려는 동작은 취하지 않았다. 로봇은 위험을 보면 달아날까? 그럴 줄 알까? 그럴 필요가 있을까? 덱스는 자신도 다시 안으로 들어가야 할까 의아했지만 문을 닫기 전에 소리의 근원이 등장했다.

커다란 덤불곰이 어둠 속에서 난롯불이 있는 곳으로 나오더니 젖어 있는 두툼한 코로 땅을 킁킁거렸다. 곰이 고개를 들더니 덱스를 정면으로 봤다. 덱스는 재빨리 시선을 떨궜다. 곰의 눈을 똑바로 보는 것이야말로 사람들이 가장 원치 않는 일이었기(*최후를 맞이하고* 싶지 않다면 말이다) 때문이다. 문을 닫고 싶은 마음이 간절했지만 두려워서 꼼짝하지 못했다.

곰이 덱스 쪽을 향해 킁킁거리더니 난로로 성큼성큼 걸어왔다. 모스캡 역시 고개를 떨구고 눈의 불빛을 차단한 상태였다. 곰의 코가 드디어 찾던 것, 덱스의 저녁 식사를 발견할 때까지 씰룩거렸다. 곰은 음식을 먹어 치웠고 마지막 남은 탄 조각까지 느긋이 다 핥았다. 음식이 바닥나자 곰의 코는 다시 버터와 견과류와 사탕이 기다리는 마차 쪽으로 향했다.

덱스는 그제야 문을 쾅 닫았다. 서두르느라 뒤로 자빠질 뻔했다. 찰 신이 보우하사 마차는 곰을 막아 낼 수 있었다. 술집이나 게스트하우스에서 돌아와 보니 곰 손님이 안에 있는 간식을 먹으려고 마차를 뒤집어 놓았던 걸 본 적이 두 번이나 있었는데 그때 이미 증명된 사실이었다. 덱스는 마차는 걱정하지 않았다. 다만 이번에는 그네 자신이 마차 *안에* 있다는 사실이 염려스러울 따름이었다. 마차는 이리저리 내동댕이쳐져도 무사할 수 있었다. 덱스는 그렇지 않았다.

그러나 곰은 곰답지 않게도 마차를 건드리지 않았다. 그것은 헛된 희망을 품고 접시를 다시 킁킁거리더니 숲으로 돌아갔고, 그렇게 그들의 짧은 조우가 끝났다.

모스캡은 눈에 다시 불을 반짝이더니 덱스가 있는 창문 쪽을 몹시 기쁜 표정으로 봤다. 로봇이 들떠서 하는 말이 마치 벽을 통과해서 들어왔다.

"*방금 그거 신나지* 않았습니까?"

덱스는 바닥에 주저앉아서 아직 젖어 있는 머리칼을 꽉 쥐었다. 모스캡이 그토록 관심을 보였던 바깥벽 그림이 떠올랐다. 그네 자신이 등을 기댄 저장용 상자, 임시 성소를 장식하는 물건으로 가득 차 있는 그것이 떠올랐다. 언제나 그렇듯이 목에 걸려 있는, 펙턴으로 인쇄한 펜던트 목걸이가 떠올랐다. 전부 다 곰이었다. 곰, 곰, 곰.

성실한 사도이자 여행 중인 다도승이며 평생 여섯 신의 교리를 공부한 덱스 수도자는 그 상자에 머리를 대고 잠시 천장을 응시했다. 그러고는 눈을 감은 뒤, 조금 더 그러고 있었다.

"젠장."

그네가 말했다.

4.
물건 그리고 동물

로봇과 대면하고 함께 여행하자는 제안을 받고서 (결국에는) 그 제안을 받아들인다고 해서 로봇과 어떤 대화를 해야 할지 아는 것은 아니다.

모스캡이 어색한 침묵이라는 개념을 아는지 몰라도 그에 개의치 않는 것은 분명했다. 그것은 황소자전거와 쉽게 속도를 맞췄고 옛 도로를 힘겹게 오르는 덱스를 따라서 지치지 않고 걸었다. 덱스는 예상보다 푹 잤다. 피로가 당혹감보다 강한 것임이 밝혀진 것이다. 하지만 쑤시는 허벅지로 아침부터 자전거 페달을 밟는 것은 살짝 고달팠다. 덱스는 앞에 펼쳐진 압도적인 길을 올려다봤다.

페달을 한 번 밟을 때마다 길은 더 가파르고 거칠어졌다. 덱스는 스스로 자전거를 잘 탄다고 여겼지만 그곳은 고속도로와 차원이 달랐다.

"내가 도울 수 있습니다. 더 빨리 갈 수 있을지는 모르겠지만, 적어도 편해질 겁니다."

"돕다니 어떻게요?"

덱스가 헉헉거리며 물었다.

"밀 수 있습니다. 아니면 상황에 따라서 당기거나……."

"절대 안 돼요."

덱스의 음성에서 느껴지는 단호함에 로봇은 입을 다물었다. 모스캡은 어깨를 으쓱이고는 하늘이 보이지 않을 만큼 빽빽이 자란 숲을 기쁜 표정으로 바라보며 계속 걸었다. 근처 나뭇가지에 새가 짹짹거리며 내려앉더니 탁탁 끊어지는 소리로 노래를 했다. 모스캡은 미소를 짓더니 그 소리를 거의 완벽하게 흉내 내며 화답했다.

덱스는 페달을 밟으며 로봇을 흘겨봤다.

"오싹할 정도로 잘하는군요."

"투 폭시즈(여우 두 마리)가 가르쳐 줬어요."

덱스는 무슨 말인가 싶어 콧잔등을 찡그렸다.

"여우 두 마리가…… 아, 다른 로봇 이름인가요?"

"네. 투 폭시즈는 조류 행동 전문가입니다. 그것은 새

노래 듣기를 무엇보다 좋아합니다."

덱스는 모스캡이 쓰는 대명사를 확인했다.

"그럼 그것이라고 말하면 되나요? 다른 대명사를 선호하지 않아요? *그네*라든가……."

"아, 네, 그렇습니다. 그런 말은 사람들에게 쓰는 겁니다. 로봇은 사람이 아닙니다. 우리는 기계이고 기계는 물건입니다. 물건은 *그것*입니다."

"당신이 단순한 물건은 아니라고 생각해요."

로봇은 살짝 기분이 상한 표정을 지었다.

"나도 당신이 *단순한* 동물이라고 하지 않을 겁니다, 덱스 수도자님."

그것은 고개를 꼿꼿이 들고 도로로 시선을 돌렸다.

"동등한 가치를 갖는다고 반드시 동등한 범주에 속할 필요는 없습니다."

덱스는 그런 식으로 생각해 본 적이 없었다.

"맞는 말이군요. 미안해요."

"미안해하지 마세요. 이건 대화잖아요? 이런 일은 일어나게 마련입니다."

또다시 침묵이 공기를 채웠다. 덱스는 그것을 깨기 위해 재차 질문을 던졌다.

"당신 같은 이들이 몇이나 있죠?"

"아, 모릅니다. 3000에서 4000 정도라고 생각합니다."
모스캡이 가볍게 말했다.
"3000에서 4000 정도라고, *생각*해요?"
"그렇게 말했습니다."
"모른다고요?"
"판가에 사람이 몇 명인지 압니까?"
"대충은…… 알죠. 정확히는 모르고."
"음, 그렇다면 이쪽도 같습니다. 3000에서 4000이라고 *생각합니다.*"
덱스는 도로에 난 구멍을 피해 돌아가며 눈살을 찌푸렸다.
"수를 기록할 줄 알았는데."
모스캡이 웃었다.
"로봇의 상황을 기록하기는 매우 어렵습니다. 우리는 워낙 여러 가지 일에 몰두하고 있습니다. 가령 파이어 네틀(불 쐐기풀)의 예를 들어 보죠. 어느 날 그것이 산 위로 올라간 이후로 누구도 6년간 그것을 보지 못했습니다. 망가진 줄 알았는데 아니었습니다. 그것은 씨앗에서 묘목이 자라는 것을 보고 있었습니다. 참, 블랙 마블드 프로스트 프로그(검은 대리석무늬 서리개구리)도 있습니다. 거의 전설에 가까운 이야기입니다. 그것은 동굴에 들어앉아서 석순이 형성되는 것을 35년간 지켜보는 일 외에는 아무것도 안 하기로 했습니다. 많은 로봇들이 그런 일을 합니다. 다른 존재와 함께하기를 원하지 않는 로봇도 많습니다. 하지만 인간들처럼 일정을 짜서 그걸 따르는 일을 편하게 여기는 로봇은 없습니다. 그러니 우리가 몇이나 되는지 정확히 파악할 쉬운 방법이 없습니다."

"당신들이 전부…… 뭐라고 해야 하나, 서로 소식을 주고받는 줄 알았어요. 신호를 보낸다거나 말이죠."

모스캡이 고개를 서서히 저었다.

"우리가 *네트워크로 연결되어* 있다고 생각하는 겁니까?"

"음, 글쎄요! 그런가요?"

"온 세상 신들이시여! 아닙니다! 윽! 상상이 됩니까?"

역겨워하는 듯 로봇의 얼굴이 딱딱해졌다.

"당신은 남들의 생각이 머릿속에 들어오는 걸 바라십니까? 단 한 사람의 생각이라도 머릿속에 떠다니는 일을 바라시나요?"

"아뇨, 하지만……."

"그렇죠, 물론입니다. 우리 하드웨어로 그런 일이 가능하다 해도(가능하지도 않지만요.) 그러면 우리는 완전히 혼란에 빠질 수밖에 없을 겁니다. 으윽. 끔찍한 일입니다, 덱스 수도자님."

덱스는 생각하고 또 생각했다.

"그렇다면 함께할 상대를 원하는 경우에는 어디서 만날지 어떻게 알죠? 마을이 있다거나……."

"아뇨. 우리는 음식도 휴식도 은신처도 필요 없으니 정착지가 아무런 소용이 없습니다. 대신 만남의 장소가 있습니다. 숲속의 빈터나, 산꼭대기, 그런 곳입니다."

"언제 만날지는 어떻게 알죠?"

"200일에 한 번씩입니다."

"200일에 한 번씩이라. 그렇군요."

"그보다 더 복잡해야 합니까?"

"아뇨. 만나면 뭘 하나요?"

"이야기를 합니다. 이야기를 나눕니다."

모스캡이 어깨를 으쓱였다.

"사회적 존재가 만나면 무엇을 합니까?"

"그렇군요, 그럼 수다를 떨고 나서…… 제 갈 길을 가는군요. 석순을 보러 가든가."

"우리 모두 그렇게까지 외골수이거나 혼자 지내지는 않습니다. 단체로 여행하기를 좋아하는 이들도 있습니다. 나는 한동안 셋이서 지냈습니다. 나와 밀턴스 밀리피드(밀턴의 노래기)와 폴렌 클라우드(꽃가루 구름)였죠. 함께 멋진 대화를 나눴습니다."

"그런데 어떻게 된 건가요?"

"밀턴스 밀리피드가 물고기 산란에 특별한 관심을 갖게 됐고 나는 그 일을 깊이 관찰하는 데 관심이 없어서 헤어졌습니다."

"나쁜 감정은 없이?"

모스캡이 놀란 표정을 지었다.

"왜 그래야 하죠?"

덱스의 머리는 이미 지끈거리고 있었다.

"그럼…… 정착지가 없으면 그냥 아무 데서나 만나서……."

"아무 데서나가 아닙니다."

"그럼, 다양한 장소에서 만난다고 말하죠. 네트워크도 없고 장거리 통신도 할 수 없는 거군요. 그렇죠? 할 수 없는 거죠?"

"할 수 없습니다."

"그럼 어떻게 로봇들이 당신을 골라서 야생을 떠나라고 한 거죠? 만장일치 결정일 수는 없었을 텐데."

"음, 그렇습니다. 블랙 마블드 프로스트프로그는 동굴을 떠나지 않는 거, 잊지 마세요."

모스캡은 그 말을 하며 짓궂게 미소 지었다.

"죄송합니다, 진지하게 말하겠습니다. 그 문제는 메테오

호수(혜성 호수)에서 큰 모임을 열어서 해결했습니다."
"거기 모이는 건 어떻게 알았죠?"
"아! 은닉처요. 물론 은닉처가 뭔지 모르시겠지만요."
"은닉처가 뭔가요?"
"메시지를 넣어 두는 튼튼한 상자입니다. 52936개가 있습니다."
"잠깐, 잠깐만요. 로봇이 얼마나 있는지는 모르지만, 5만 2천……"
"……936개의 통신 은닉처를 갖고 있습니다, 네. 그 위치는 감지할 수 있습니다."
"어떻게요?"
"각성 이전부터 있었던 아주 오래된 기술입니다. 공장에는 부품 컨테이너가 있습니다. 공구 상자, 원자재 등을 넣어 두는 곳입니다. 우리는 그 아이디어를 상황에 맞게 전환시켰습니다. 떠난 뒤에 말입니다."
모스캡이 이마를 두드렸다.
"은닉처가 신호를 보내면 감지할 수 있습니다. 아, 그 일을 위해서 우리는 당신들의 통신 위성 기능 몇 가지를 빌리고 있습니다."
그것은 손가락을 움직임 없는 입에 댔다.
"말하지 마세요."

"아무도 눈치채지 못했다는 거예요?"

"자랑은 아니지만 당신들이 디지털 지문을 찾아내는 실력보다 우리가 감추는 실력이 훨씬 좋습니다."

"아, 그렇겠군요. 알겠어요, 그럼 서로 볼 수 있게 쪽지를 남기는군요."

"네. 무슨 일이 있는지 보려고 근처 은닉처를 확인하는 건 흔한 일이죠. 춘분에 큰 모임이 있다는 이야기를 퍼뜨리자 당신들이 모두 어떻게 지내는지 확인할 때가 되었는지 아닌지를 의논할 만큼 많은 수가 모였습니다."

"그래서 당신이 유일한 대표로 뽑힌 건가요?"

"내가 제일 먼저 자원했습니다."

덱스가 눈을 껌뻑였다.

"그런 거였어요?"

"그런 거였습니다."

모스캡이 새들을 보고 새소리를 내는 동안 덱스는 그 내용을 곱씹었다.

"당신은 내가 예상한 것과 전혀 다르군요."

덱스가 한참 만에 말했다.

"그러니까, 로봇을 만날 거라고는 예상도 못 했지만……."

그네는 고개를 저었다.

"그게 당신 같을 거라고도 상상하진 못했을 거예요."

"왜입니까?"

"당신은 참…… 유연하니까요. 유동적이에요. 당신들이 몇이나 있는지, *어디* 있는지도 모르잖아요. 그저 물 흐르듯 움직이고. 당신들은 전부 숫자와 논리로만 이뤄졌을 줄 알았어요. 구조적이고 엄격할 거라고 생각했어요. 무슨 말인지 알죠?"

모스캡이 흥미롭다는 표정을 지었다.

"참 신기한 생각입니다."

"그런가요? 당신 말대로 당신은 기계니까요."

"그래서요?"

"그런데 기계는 숫자와 논리 *때문에* 작동하잖아요."

"그건 우리가 *기능*하는 방식이지, *인지*하는 방식이 아닙니다."

로봇은 그 말을 곰곰이 생각했다.

"개미들을 본 적 있습니까?"

"그거야…… 물론이죠. 당신처럼은 아닐 테지만."

모스캡이 그렇다고 인정하듯 소리 내어 웃었다.

"여러 작은 생물에게는 놀라운 지능이 있습니다. 물론 당신이나 내 지능과 매우 다르긴 해도 정말 놀랍습니다. 그들 고유의 방식으로 세련됐죠. 개미굴을 한동안 지켜보면 개미들이 온갖 자극에 반응하는 것을 보게 됩니다. 먹을 것, 위협, 장해물. 그들은 선택을 합니다. 결정을 내립니다. 그것은 굉장히 논리적입니다. 아까 말한 것처럼 엄격합니다. *음식은 좋은 것, 다른 개미는 나쁜 것.* 하지만 개미가 아름다움을 인지할 수 있다고 생각합니까? 개미가 자기 존재를 사유할 수 있습니까? 가능성은 낮지만 그럴 수도 있습니다. 그 가능성을 배제할 수는 없습니다. 하지만 이 대화를 이어 나가기 위해서 그렇지 않다고 가정합시다. 개미에게는 그런 특정한 복잡한 뉴런이 만드는 취향이 없다고요. 그런 면에서 인간보다 덜 복잡한 지능을 가진 생물은 당신들이 예상하는 기계의 행동 방식과 일치하는 것 같습니다. 당신들의 두뇌, 즉 인간의 두뇌는 '*음식은 좋은 것, 다른 유인원은 나쁜 것*'이라는 메커니즘에서 출발했습니다. 아직도 당신들의 두뇌 깊은 곳에는 그런 근본적인 기능이 남아 있습니다. 하지만 당신들은 그보다 훨씬 더 복잡한 존재입니다. 당신들을 본래의 원초적인 상태로 압축시켜 버린다면, 마치……."

그것은 예로 들 만한 것을 찾았다.

"자전거를 세우세요. 괜찮으시다면."

덱스는 자전거를 세웠다. 마차가 삐걱거렸지만 멈췄다.

모스캡은 마차의 그림에 관심을 돌렸다.

"이 그림을 어떻게 묘사하겠습니까?"

덱스는 깜짝 퀴즈 쇼에 들어선 느낌이 마음에 들지 않았지만 순순히 응했다.

"행복하죠. 명랑하고. 반가운 느낌."

"그렇게도 묘사할 수 있을 겁니다. 그 밖에도 염료와 래커가 나무에 스며든 것이라고도 묘사할 수 있지 않습니까? 그것이 사실 아닙니까?"

"그렇군요. 하지만 그건……."

덱스는 잠시 눈을 감았다. *아.*

"그건 핵심에서 벗어나는 이야기죠. 거꾸로 생각하는 거예요. 나무를 보느라 숲을 놓치는 것이죠."

"바로 그겁니다. 그런 것의 결합에서 생겨나는 더 큰 의미를 무시하는 말입니다."

모스캡이 자랑스레 미소 지으며 금속 몸통에 손을 댔다.

"나는 금속과 숫자로 만들어졌습니다. 당신은 물과 유전자로 만들어졌습니다. 하지만 우리 모두 그 *이상*의 존재입니다. 그리고 그 *이상*이 뭔지를 원재료만 가지고 정의할 수 없습니다. 당신이 개미처럼 인지하지 않는 것이나 내가…… 글쎄요. 진공청소기처럼 인지하지 않는 것이나 마찬가지입니다. 아직 진공청소기가 있습니까?"

"그럼요."

덱스가 어린 시절 박물관에서 본 것을 떠올리느라 말을 멈췄다.

"수동 청소기지만요. 우리는 이제 로봇 공학을 하지 않아요."

"이유는……."

모스캡이 자신을 가리키며 말했다.

"네. 당신들이 *왜* 생겨났는지 모르니 말썽을 일으키고 싶지 않아서요."

"흠. 우리가 없는 사이에 사람들이 각성을 연구한 줄 알았습니다만."

"어딘가에서는 누군가가 연구하고 있겠지만 대상이 없는 것을 연구하기는 어렵죠. 그리고 당신들을 더 잘 이해하려는 노력은 윤리적으로도 혼란스러운 문제예요. 이 우주에는 괜히 망치느니 그냥 두는 편이 나은 것들이 있죠."

덱스는 다시 자전거를 움직이며 단순한 기어 회전보다 복잡한 일에는 집중하지 않기로 했다.

"나는 지금도 당신들이 사마파르의 사도와 더 잘 지낼 거라고 생각해요. 둘 다 쓰러질 때까지 서로 머리 아픈 이야기를 던질 수 있을 테니까."

모스캡이 웃었다.

"그럼 이 일을 마치고 그 사람들 중 하나를 찾아볼 수도 있겠습니다. 하지만 지금……."

로봇은 만족스러운 표정으로 햇빛 비추는 숲을 둘러봤다.

"내가 있어야 할 자리는 이곳 같습니다."

덱스의 종아리는 트리킬리 신이 끊임없이 당기는 중력의 힘에 맞서 노동했다. 온 세상 신들이시여, 황소자전거가 돕는다 해도 비탈을 오르기란 어려웠다.

"그럼 투 폭시즈가 새 소리에 관심이 있다면 당신은 어떤가요? 당신의 관심사는 뭐죠?"

"곤충입니다!"

모스캡이 외쳤다. 덱스가 그 화제를 꺼내기를 내내 기다려 온 것처럼 기쁨에 찬 목소리였다.

"아, 나는 곤충을 정말 사랑합니다. 그리고 거미도. 실은 무척추동물은 모두 좋아합니다. 포유류도 사랑하지만요. 새도. 양서류 역시 참 좋고, 균류와 곰팡이도……."

그것은 자제하며 말을 멈췄다.

"아시겠죠. 이게 내 문제입니다. 로봇은 대부분 한 가지 일에만 몰두합니다. 투 폭시즈나 블랙 마블드 프로스트 프로그만큼은 아니더라도 적어도 전문 분야가 있습니다. 반면 나는…… 나는 모든 것을 좋아합니다. 모든 것이 흥미롭습니다. 많은 것에 대해 알지만 각 분야에 대해서는 조금밖에 모릅니다."

모스캡의 자세가 변했다. 어깨가 조금 구부러지고, 시선이 낮아졌다.

"그다지 학구적인 존재 방식이 아닙니다."

"그 점에 대해서는 당신과 의견이 다른 수도승이 많이 있어요. 들어 보니 보시의 영역을 연구하는군요. 아주 광범위하게, 위에서 아래로 말이에요. 당신은 일반론을 연구하는 거예요. 거기 집중하는 거죠."

모스캡의 눈이 커졌다.

"고맙습니다, 덱스 수도자님."

그것이 잠시 후에 말했다.

"그런 식으로 생각해 본 적이 없습니다."

덱스는 모스캡에게 "*천만에요.*"라는 뜻으로 고개를 끄덕인 뒤 눈에 띈 것을 빤히 쳐다봤다.

"당신, 음, 목 부분에 벌레가 기어가고 있어요."

"벨벳 나뭇잎벌레입니다. 네, 알고 있습니다. 덤불에 팔이 닿았을 때 기어올랐습니다. 괜찮습니다."

덱스는 벌레가 계속 위로 기며 긴 더듬이로 주변을 탐색하더니 결국 모스캡의 머리로 이어지는 검은 틈 속으로 미끄러져 들어가는 모습을 보며 점점 더 공포감을 느꼈다.

"음, 모스캡? 그게……."

"네. 괜찮습니다."

5.
잔해

무너져 가는 도로의 문제는, 무너진 부분 중에 모서리가 있고 그 모서리 중에 날카로운 부분이 있다는 점이었다. 마차는 상당히 튼튼했지만 나흘간 삐죽삐죽 튀어나온 콘크리트를 견디는 데에는 한계가 있었다. 그런 까닭에 덱스는 당혹감을 느끼며 저장고를 뒤져 자비 없는 도로 탓에 찢어진 생수통에서 물이 흘러 나가는 것을 막아 줄 가능성이(*어디까지나 가능성이었다*) 있는 테이프를 찾았다.

"서두르는 게 좋겠습니다."

밖에서 모스캡이 말했다.

"존나 서두르고 있다고요."

덱스가 물건을 이쪽저쪽으로 내던지며 외쳤다. 온 세상 신들이시여, 그놈의 *테이프*는 어디 있나요?

"내 말은 더 심각한 일일 수도 있었다는 겁니다. 오수 탱크에 구멍이 날 수도 있었습니다."

모스캡이 쾌활한 어조로 대답했다.

덱스는 점점 화가 치밀어 로봇의 말은 무시했다. 가위(아니다), 비누(아니다), 재활용하려고 챙겨 둔 낡은 양말(아니다), 식물 비료(아니, 아니, 아니다), 그리고 다행히(*옳지!*) 테이프를 찾았다.

덱스는 생겨난 지 겨우 일이 분 사이에 엄청나게 커진 물웅덩이 쪽으로 달려 나갔다. 모스캡이 파열된 탱크 옆에 무릎을 꿇고서 금속 손으로 구멍을 눌러 어느 정도 물줄기를 막고 있었다. 덱스는 두툼한 셀룰로스 테이프를 길게 자르고 물웅덩이 속으로 미끄러져 들어갔다. 모스캡이 탱크에서 손을 떼자 둘 다 쏟아지는 물에 젖었지만 덱스는 재빠르게 테이프를 붙였다.

모스캡은 덱스의 작업을 지켜봤다.

"당신이 붙이는 사이 내가 테이프를 잘라 내면 더 빠르겠습니까?"

덱스는 모스캡의 도움을 받는다고 생각하자 발끈했지만 팔 위로 물이 꾸준히 쏟아져 내리니 달리 방법이 없었다.

"좋아요."

그녀는 모스캡에게 테이프를 던졌다.

모스캡이 굉장히 집중해서 테이프를 길게 떼어 내더니 잘라 냈다.

"하!"

모스캡은 이렇게 말하고 1초 후에야 정신을 차리더니 그것을 건넸다.

"아, 참 만족스럽습니다, 그렇죠?"

그것은 또 한 차례, 그리고 또 한 차례, 또 한 차례, 열심히 빠르게 테이프를 잘라 냈다.

"즐겁다니 참 다행이군요."

덱스가 중얼거렸다. 물이 바지를 적셨고 속옷이 살에 들러붙는 것이 느껴졌다. 하지만 모스캡의 도움을 받아 테이프를 빠르게 붙이자 곧 물을 막을 수 있었다. 얼마 안 되는 양만 남았지만 말이다. 소중한 액체가 다시 주워 담을 수도 없이 도로 저 멀리 퍼져 나가는 것을 덱스는 절망에 빠진 표정으로 지켜봤다.

"괜찮습니다, 덱스 수도자님."

"이게 어떻게 괜찮죠? 난…… 잠깐, 당신은 괜찮아요?"

그녀는 로봇을, 금속과 회로로 가득한 그것이 곁에서 물을 뚝뚝 흘리는 모습을 염려스러운 눈빛으로 봤다.

“아, 네. 난 완전 방수입니다. 안 그러면 호수가오리를 만나러 갈 수 없었겠죠?”

덱스는 그 말의 뜻을 간신히 짐작할 따름이었지만 계속 생각할 여유가 없었다. 그네는 탱크 옆에 달린 계측기를 확인했다. 물은 3분의 1정도만 남았고, 오수 탱크 안에 있던 물은 이미 모두 정수되어 들어간 뒤였다. 덱스는 짜증이 나서 앓는 소리를 냈다. 식수 정도로만 쓸 수 있는 양이었다.

“물을 어떻게 다시 채웁니까?”

“마을에서 호스를 써서 채워요.”

“아.”

“네.”

덱스는 생각에 잠겼고 모스캡은 근처 나뭇가지에서 소나무족제비가 뛰어오르는 것을 지켜보며 말없이 앉아 있었다.

“좋습니다, 그럼.”

모스캡이 밝게 말했다. 그것은 뚜렷한 목적을 가지고 움직이더니 흠뻑 젖은 아스팔트 바닥에 누워 마차 밑을 자세히 살폈다.

“아! 상당히 단순하군요!”

“뭐가요?”

"기다려 주세요."

모스캡이 무엇인가를 가지고 바삐 움직이기 시작했다. 덱스가 무슨 일인지 제대로 파악하기도 전에 쨍그랑, 부스럭, 쿵 소리가 났다.

"무슨……."

모스캡이 일어나더니 떼어 낸 탱크를 한 팔로 어깨에 짊어졌다. 물이 요란하게 쏟아져 내렸다.

"여기서 멀지 않은 곳에 시내가 있습니다. 이걸 채워서 오수 처리 시스템에 붓고 출발하면 됩니다."

"잠깐, 잠깐, 잠깐."

덱스가 일어나며 말했다.

"멈춰요. 그거 내려놔요."

덱스는 내심 모스캡의 힘에 놀랐지만 놀란 만큼 로봇을 멈춰야 한다는 결심이 더욱 강해졌다.

모스캡이 영문을 모르겠다는 표정으로 탱크를 내려놓았다.

"무슨 일입니까?"

"난……."

덱스가 손으로 머리카락을 쓸어 넘겼다.

"당신에게 이 일을 시킬 수 없어요."

"왜죠?"

"왜냐면…… 왜냐면 내가 해야 하니까요."

모스캡은 반쯤 찬 물탱크와 덱스의 몸을 번갈아 봤다.

"당신은 못 할 거라고 생각합니다."

덱스는 인상을 쓰고 젖은 소매를 걷고는 탱크를 들었다. 아니, 들어 올리는 동작을 취하고 온몸의 근육을 동원하기는 했다. 그러나 탱크는 꿈쩍하지 않았다. 모스캡은 그것을 한 손으로 가볍게 들어 올렸지만 덱스는 두 손을 다 써도 살짝 움직이는 게 전부였다. 덱스는 짜증을 느꼈다.

"좋아요. 시내가 어디 있는지 알려 주면 끌고 가겠어요."

"어떻게 말입니까?"

모스캡은 마차를 잊어버린 것인가? 덱스는 그것을 가리켰다. 당연히 그네에게는 *마차*가 있었다.

로봇이 고개를 저었다.

"황소자전거는 덤불 사이로 다섯 발자국도 못 갑니다."

그것은 물통 쪽으로 고갯짓을 했다.

"당신은 이것을 끌고 갈 수 없고 확실히 들고 갈 수도 없습니다. 내가 돕겠습니다."

덱스가 눈살을 찡그렸다.

"아, 아니, 그럴 순……."

모스캡이 고개를 갸우뚱했다.

"왜입니까?"

"그건…… 아니라고 봐요. 당신은…… 내 일을 대신 해서는 안 되죠. 옳은 일 같지 않아요."

"하지만 *왜입니까?*"

로봇이 눈을 깜빡였다.

"아, 공장 때문입니까?"

덱스는 어색하게 시선을 내리깔았다. 본 적도 없는 과거가 부끄러웠다.

모스캡이 팔짱을 꼈다.

"당신보다 키가 큰 친구가 있는데 손이 닿지 않는 물건이 있다면 그 친구의 도움을 받을 겁니까?"

"네, 하지만……."

"하지만? 이것이 어떻게 다르다는 겁니까?"

"이건…… 달라요. 내 친구들은 로봇이 아니니까."

로봇이 그 말을 가만히 생각했다.

"그럼 당신은 나를 매우, 매우 틀린 시각임에도 물건이 아니라 사람으로 간주하면서 내가 원하는데도 친구로 볼 수는 없는 겁니까?"

덱스는 뭐라고 대답해야 할지 알 수 없었다.

모스캡은 고개를 젓히더니 성난 한숨을 내쉬었다.

"덱스 수도자님, 내가 이것을 고쳐 주고 *싶을지* 모른다는 생각은 했습니까? 자선도 의무감도 아니고, 당신에게 관심을 가졌기 때문에 당신이 가는 곳에 보내 주고 싶은 마음이 깊고 간절하다는 생각은?"

"난……."

모스캡은 자유로운 손을 덱스의 어깨에 얹었다.

"의도는 고맙습니다. 정말입니다. 하지만 내 자율성을 침해하고 싶지 않다면, *내가 자율성을 갖도록 해 주세요.* 나는 탱크를 운반하고 싶습니다."

덱스는 양손을 들었다.

"좋아요. 알겠어요. 탱크를 옮겨요."

"어쨌든 당신의 허락은 필요 없습니다."

덱스가 말을 더듬었다.

"아니, 그런 말이……"

모스캡의 눈 한쪽이 빠르게 꺼지더니 다시 켜졌다. 윙크였다.

"놀리는 겁니다."

모스캡은 아스팔트에서 벗어나 덤불 속으로 들어가더니 언덕을 내려갔다.

"갑시다. 멋진 산책이 될 겁니다."

"어, 어, 잠깐만요."

모스캡의 얼굴은 짜증 어린 표정을 지을 수 없었지만

그럼에도 그 감정은 전달되었다.

"또 뭡니까?"

덱스의 강한 본능이 일깨워졌다. 부모와 교사와 공원 관리인과 공익 광고와 도로 표지판이 한꺼번에 전력을 다해 외치는 규칙이었다.

"거긴 길이 없어요."

모스캡은 자기 발이 밟은 흙을 내려다봤다.

"그래서요?"

"그러면 당신은……."

덱스가 말을 조금 더듬었다.

"음, 당신은 아마 괜찮을지 몰라도, 나는 길이 아닌 곳을 걸을 수 없어요. 그러면 안 돼요."

로봇은 덱스가 갑자기 다른 언어를 말하기 시작한 것처럼 빤히 봤다.

"동물들은 늘 숲을 돌아다닙니다. 길이 어떻게 생겼다고 생각합니까?"

"그런 게, 그런 길 이야기가 아니에요. 내 말은……."

그네는 등 뒤의 세상과 앞의 암자를 연결하는 도로를 가리켰다.

"길은 길입니다. 이동을 쉽게 만들어 주려고 있는 겁니다."

"그리고 그 이동으로부터 생태계를 보호하기 위해서죠."

"흐음. 장벽처럼 말입니다."

모스캡이 들은 내용을 생각하며 말했다.

"그렇죠. 전체를 해치는 것보다는 한 곳만 지나는 하나의 길을 닦는 것이 나으니까요."

"하지만 그건 많은 사람이 계속해서 통과할 때의 이야기인 게 확실합니다."

덱스는 어린 시절 그네를 가르친 선생님들과 공원관리인들의 의견에 따라 고개를 단호히 저었다.

"모두가 자신이 규칙의 예외라고 생각하지만, 바로 거기서 문제가 생기는 거예요. 한 사람이 큰 피해를 일으킬 수 있죠."

"모든 생물은 타자에게 피해를 일으킵니다, 덱스 수도자님. 안 그러면 모두 굶어 죽을 겁니다. 수컷 엘크가 바이트벌브 덤불을 헤치고 지나가는 모습을 본 적 있습니까?"

"있…… 다고 할 수는 없겠군요."

"*짓밟는다*는 말의 모범 사례가 될 만한 모습입니다. 때때로 피해를 끼치는 게 불가피할 때가 있습니다. 사실, 자주 있습니다. 우리 둘 다 지난 몇 발자국을 걸어오면서 숱한 작은 것들을 죽였다는 사실을 일깨워 드리고 싶군요."

모스캡이 덱스의 눈을 똑바로 봤다.

"이런 행동을 습관처럼 하는 것은 아닙니다. 새 길을 내는 것도 숲을 베어 내는 것도 아니죠. 글쎄요, 여기서 파티를 하는 것도 아닙니다. 당신은 나와 함께 걸어가는 것이고 볼일이 끝나면 다시 도로로 돌아올 겁니다. 숲은 곧 우리가 여기 있었다는 사실조차 잊을 것이라고 장담합니다. 게다가 내가 안내할 겁니다. 밟으면 안 되는 것이 있으면 알리겠습니다. 자, 그놈의 시내로 따라와 주겠습니까?"

모스캡은 반대할 여지를 주지 않고 언덕을 계속 내려갔다.

"아, 양말을 신는 게 좋겠습니다."

덱스가 눈살을 찌푸렸다.

"왜죠?"

"여기에는 당신의 드러난 살에 접근하고 싶어 할 것들이 많습니다."

모스캡이 걸어가며 말했다.

"인간에게 털이 없어진 것이 참 아쉽습니다. 기생충을 막아 내는 데 정말 도움이 되니 말입니다. 하지만 기생충에게는 행운 아닙니까? 당신 말대로 그들은 본성에 따라 행동하는 것뿐입니다."

그 말의 한마디, 한마디에 덱스는 그 시점까지 살면서 내린 모든 결정을 회의하게 됐다. 그네는 중얼거리며 발뒤꿈치를 조이는 실의 촉감을 느낄 때까지 양말을 잡아 당겨 신고 모스캡을 따라 숲으로 들어갔다.

길은 신성한 것이라고 주장해 오기는 했지만 덱스는 그것이 사라지고 나서야 길의 의미를 진정으로 이해했다. 그네는 보호 지역에서 등산을 한 적도 있었고 차를 내러 다니던 시절에는 외딴곳을 셀 수 없이 다녔다. 그때는 마음이 안정되었고 위로를 느꼈고 심지어 명상에 잠기기도 했다. 길을 따라다니는 데는 크게 뇌를 쓸 일이 없으며 이런저런 생각을 할 여유를 느긋하게 즐길 수 있었다. 하지만 수목이 우거진 야생의 땅을 걸어가는 것은 전혀 다른 일이었고 덱스는 마음속에서 원초적인 무엇인가가 깨어나는 것을, 자신이 지닌 줄도 몰랐던 예리한 집중력이 생겨나는 것을 느꼈다. 공상에 빠질 여유가 없었다. 덱스에게 떠오르는 생각은 이런 것들뿐이었다. *뿌리 조심해, 왼쪽으로 가자, 저건 독이 있어 보이는데, 바위 조심해, 저건 안전할까, 부드러운 흙이군, 좋아, 오른쪽으로 가자, 저건 피해, 조심, 조심,* ***조심하라고.*** 발걸음을 옮길 때마다 수십 가지 변수가 있었고 그다음 발걸음을 옮기는 순간 규칙은 다시 바뀌었다. 길을 따라 이동하는 것이 물처럼 흐르는 느낌이라면 거기서 벗어나 이동하는 것은 유리처럼 예리한 느낌임을 덱스는 배우고 있었다.

그러나 숲은 황홀했고 *'자갈이다, 저 식물 조심, 위, 아래, 조심해.'*라는 생각 사이의 아주 작은 인지적 공백 속에서 덱스는 그곳의 부인할 수 없는 아름다움을 느꼈다. 이 여정을 마칠 때까지 몸의 이곳저곳이 찔리거나 긁힐 것이 분명했지만, 덤불을 가로질러 기어오르는 법을 익히고 나자 덱스는 이 일을 즐기기 시작했다. 그네는 해머스트라이크에서 돌아섰을 때와 같은 반항심이 끓어오르는 것을 느끼며 미소를 지었다. 나름의 재미가 있었다.

"굴을 주의하세요. 부지런한 족제비들이 살았던 곳입니다!"

덱스는 땅에 난 작고 규칙적인 굴을 보고 밟지 않도록 조심하며 돌아갔다.

"고마워요. 발목을 접질리고 싶진 않아요."

"음, 그거랑 사과거미도요."

덱스는 발걸음을 멈추고 얼어붙었다.

"뭐요?"

"사과거미요. 족제비와 공생 관계입니다. 경이롭죠. 족제비가 주거 공간을 제공하고 그들을 내버려 두면 거미는 대가로 큰 포식자를 쫓아 줍니다."

"어떻게요?"

"아, 그들은 *엄청나게* 공격적입니다."

덱스는 입구에 이끼와 자갈이 덮어 깊숙이 무엇이 있는지 보이지 않는 굴 주위로 최대한 사뿐사뿐 움직였다.

“사과거미라고 부르는 이유는 뭐죠?”

“크기 때문입니다.”

모스캡이 손가락을 모아 구부려 공 모양을 만들었다.

“복부만 이 정도…….”

“알겠어요, 그렇군요, 고마워요.”

덱스는 굴이 팬 곳이 뜨거운 석탄으로 이루어졌다는 듯이 종종거리며 발끝으로 지나갔다.

시내에 도착하기도 전에 냇물 소리가 들렸다. 그네는 숲이 수원 근처에서 빠르게 변하는 것에 감탄했다. 이전부터 이어진 상록수들 사이에 낙엽수가 섞이기 시작했다. 차츰 낯선 백합과 리시키톤이 고사리와 가시덩굴보다 많아졌다. 모스캡은 안 쓰는 팔로 큰 덤불 가지를 잡아 덱스가 안전하게 반대편 물가로 지나갈 수 있도록 해 줬다.

“다 왔습니다. 마실 물이 충분합니다!”

덱스는 시냇물을 내려다봤다. 상황이 달랐다면 아름다운 광경이었을 것이다. 물이 매끄럽고 알록달록한 빛깔의 바위 위로 흘러갔다. 어른거리는 햇빛이 물살에 반짝거렸고 끝없이 쏟아져 내리는 물의 리듬은 심란한 마음을 안정시키기에 완벽했다. 하지만 덱스는 그곳에 시내를 보

러 간 것이 아니었다. 시냇물을 *뜨러* 간 것이었고 그 사실 탓에 다른 것들이 눈에 들어왔다. 바위를 털처럼 덮고 있는 기이한 갈색 수초. 시냇가의 물컹한 흙에서 뿜어져 나오는 퀴퀴한 곰팡이 냄새. 물속의 미끈한 물고기와 헤엄치는 벌레와 이름을 모르는 편이 나을 듯한 것들. 수면에 떠다니는 시체 색깔의 나뭇잎들.

"왜 그럽니까?"

덱스는 입술을 꼭 다물었다.

"굉장히 바보 같이 들릴 거예요."

"안 그럴 것 같습니다."

"난 물이 어디서 나오는지는 알아요."

덱스가 한참 만에 입을 뗐다.

"모든 수도꼭지에서 나오는 모든 물이 이런 곳에서 온다는 건 것을 알고 있어요. 시티의 물은 대부분 말렛강에서 오고, 헤이데일의 물은 랩터 산마루에서 오죠. 하지만 그 수원지에 가 본 적은 없어요. 그저…… 이름일 뿐이죠. 개념일 뿐이고. 물이 강이나 시내, 뭐 그런 곳에서 오는 건 알고 있고, 그 물이 정수 처리가 되어 내 컵에 들어오는 것도 알지만, 깊이…… 생각해 본 적은 없어요. *이런* 곳을 내가 사용할 수 있다는 생각이 들지 않아요. *이건* 내게는 자원으로 보이지 않아요. 여긴…… 경치일 뿐이죠. 예쁜 곳이에요. 그런데 물을 가져갈 곳은 아니에요. 안전하게 느껴지지 않아요."

모스캡은 시내를 잠시 바라봤다.

"탱크를 여기 잠시 놓아도 괜찮을 것 같습니까?"

"그…… 렇겠죠? 왜요?"

모스캡은 탱크를 턱 내려놓았다.

"조금 더 걸어도 괜찮다면, 보여 줄 게 있습니다."

노후한 건물은 과거 음료수 공장이었지만 모스캡의 설명을 듣지 않았다면 몰랐을 것이다. 공장 시대의 폐허는 모두 똑같아 보였다. 상자와 볼트와 관이 높다랗게 쌓여 있었다. 잔인한 느낌. 실용주의적인 느낌. 녹슨 시체를 장악하고 무성히 자라는 식물군과는 어울리지 않아 보이는 곳이었다. 하지만 이런 건물에 *시체*라는 단어는 적절하지 않았다. 시체는 풍부한 자원이기 때문이다. 분해되어 환원될 다량의 양분이기 때문이다. 덱스가 익숙한 건물은 그 설명에 부합했다. 반투명한 아교와 균사체 석조로 지은 시티의 고층 건물에는 부패 기능이 내재되어 있었다. 시간이 지나 벽이 분해되기 시작하면 수리용으로 키운 재료로 고친다. 사용이 중단된 경우에는 서 있던 땅으로 서서히 흡수되도록 두었다. 하지만 공장 시대의 건물, 금속 건물은 잠시 은신처를 찾는 작은 생명체 말고는 그 무엇에도 도움이 되지 않았다. 그것은 붕괴될 때까지 부식할 터였다. 그것이 할 수 있는 최선이었다. 그것이 남길 유일한 유산은 제 몫이 아닌 자리에서 버티는 것뿐이었다.

덱스는 이동 중에 그런 폐허를 여러 번 봤다. 재생 가능한 재료를 걷어 간 경우도 있었고 새로운 용도를 얻은 것도 있었지만, 고속도로에서 잘 보이는 곳에 남아 과거 세계를 상기시키는 것들도 있었다. 기억 속 살아 있는 역사를 반복하는 것은 몹시 인간적인 성향이었고, 판가에는 공장 시대에 살았던 사람이 아무도 없었다. 즉, 멀찍이서 음료수 공장 같은 곳을 본 적은 있어도 가까이 다가간 적은 없었다. 지금처럼 공장 안에 들어간 적도 없었다. 그 건물은 동굴처럼 거대했고 I자형 기둥과 앵글이 끝없이 늘어서 있었다. 예전 바닥이 무엇이었는지는 알 수 없었다. 숲이 먹어 치웠기 때문이다. 썩은 천장의 구멍 밑으로 점점이 통과하는 햇빛을 받고 어린 새순과 버섯, 얽힌 가시나무가 모두 무성하게 자랐다.

"이곳에 대해서 아는 게 있어요?"

덱스가 낮은 소리로 물었다.

모스캡이 옆에 서더니 으스스한 빛을 올려다봤다.

"잘 모릅니다. 이곳이 무엇이었는지 정도와 내 어떤 부분이 이곳을 마음에 들어 하지 않는다는 것밖에 모르겠습니다."

덱스가 돌아봤다.

"무슨 뜻이죠?"

모스캡이 어깨를 으쓱였다.

"글쎄요. 내가 가진 잔재입니다."

로봇은 또 그런 말을 하더니 아무 설명 없이 태평하게 걸어갔다.

"그래서 당신과 함께 암자에 가고 싶은 것 같습니다. 인간들의 삶 속으로 뛰어들기 전에 이 감정을 이해하고 싶습니다. 어딘가 마음 한구석이 당신 세계를 두려워하는데, 그 *의미*도 모르겠고 그 감정에 귀를 기울여야 하는지도 모르겠습니다."

"예전 상황을 기억해요?"

모스캡이 덱스를 빤히 봤다.

"잠깐, 혹시…… 아뇨. 설마 내가 공장에서 나왔다고 생각할 리는 없을 겁니다."

덱스도 모스캡을 빤히 봤다.

"그렇지 않아요?"

로봇이 웃자 그 소리가 벽에 울려 퍼졌다.

"덱스 수도자님! 물론 아닙니다! 나는 야생에서 조립됐습니다. 내가 공장 시대부터 작동했다면 우리는 이런 대화를 나누지도 않았을 겁니다. 아니, 날 좀 보세요!"

그것은 그런 농담이 어디 있냐는 듯이 양팔을 뻗었다.

그러나 이해할 수 없는 농담이었다.

"오, 이런, 당신은…… 정말로 모르는군요. 진심으로 미안합니다. 넘겨짚은 내가 어리석었습니다."

모스캡은 전문가처럼 찬찬히 자기 몸을 가리켰다.

"내 부품은 공장 로봇에게서 나온 겁니다, 맞습니다. 하지만 그 개체들은 오래전에 망가졌습니다. 그들의 몸체를 동료들이 수거해서 그 부품을 재조립해 새로운 개체로 만들었습니다. 자녀인 셈이죠. 그리고 그들도 망가지자 그 부품을 다시 수거해 재조립해 새로운 개체를 만드는 데 사용했습니다. 나는 다섯 번째 조립된 로봇 중 하나입니다. 자, 보세요."

그것은 배에 금속 손을 얹었다.

"내 몸통은 스몰 퀘일 네스트(작은 메추라기 둥지)에게서 취한 것이고, 그전에는 블랭킷 아이비(담요 담쟁이덩굴)와 오터 마운드(수달 언덕) 그리고 터마이트(흰개미)의 것이었습니다. 그전에는……."

모스캡은 가슴의 한 칸을 열더니 손끝의 전등을 켜고

안을 밝혔다.

덱스는 안을 들여다보고 눈이 휘둥그레졌다. 거기에는 공식적으로 보이는 판이 고정되어 있었는데 세월이 흐르며 낡았지만 꼼꼼히 청소해 둔 듯했다. '*643-14G, 웨스콘 섬유회사 소유.*'라고 적혀 있었다.

"젠장."

덱스가 중얼거렸다. 그 순간 시간이 압축되는 느낌이었다. 역사가 시대와 연대로 나뉘지 않고, 그곳에, 그 *순간에* 살아 있는 느낌이었다.

"원하면 만져 봐도 됩니다."

"당신 가슴 속에 손을 넣진 않을래요."

"왜입니까?"

"왜냐면…… 아니에요."

덱스는 양손을 주머니에 쑤셔 넣었다.

"그럼 당신의 몸체…… 이 643은…… 제조용 로봇이었군요."

"몸통은 맞습니다. 하지만 보세요. 이래서 당신이 깨닫지 못한 것을 나도 깨닫지 못한 겁니다. 내게는 너무나 당연한 사실이니까요."

모스캡이 양팔을 내밀었다.

"이것들은 전혀 다른 로봇에게서 나온 겁니다. 팬아크

73-319는 모닝 포그(아침 안개)를 구성한 로봇이었고, 모닝 포그는 마우스 본즈(쥐뼈무덤)를 구성했고, 마우스 본즈는 샌드스톤(사암)을 구성했고, 샌드스톤은 울프 앤드 폰(늑대와 새끼 사슴)을 구성했고, 울프 앤드 폰은 지금 나를 구성하고 있습니다. 팬아크 73-319가 자동 조립을 했죠. 보이죠? 관절을 보면 알 수 있습니다."

덱스는 모스캡의 말을 받아들였다.

"그럼 당신에게 그들의 기억은 없군요."

"유용한 방식으로는 없습니다. 내게 그들이 가졌던…… 인상은 좀 남아 있습니다. 별개의 이미지들. 내 것이 아닌 감정. 그건 아주 작고 덧없는 것입니다. 한순간 나타났다가 금방 사라지는 것들입니다."

덱스는 그제야 깨달았다.

"잔재로군요."

"바로 그겁니다."

"그리고 그 잔재 중 하나가…… 이런 곳을 두려워하는군요."

"두려워한다는 건 너무 강한 표현일지도 모르겠습니다. 주의하고 조심스러워합니다. 조금 불편합니다."

덱스는 거대한 녹슨 통에 몸을 기대며 지친 발에서 체중을 덜었다.

"당신은 몇 대의 로봇으로 만들어진 건가요?"

"직전 모델은 셋이지만, 그들도 다른 모델에서 만들어졌습니다. 내…… 아마도 *가계*도라고 하겠죠. 가계도는 여러 야생 조립체로 구성되며, 그들은 총……"

로봇은 손끝을 꼽아 가며 수를 셌다.

"……열여섯 개의 공장 원형에서 내려왔습니다."

"그럼…… 이렇게 세월이 흐르고도 부품이 여전히 *작동*하고 부품을 계속해서 재활용할 수 있다면, 어째서 원형이 고장 난 뒤에 해체해서 조각을 섞어 만드는 거죠? 왜 *수리하지* 않는 거예요?"

모스캡은 공감한다는 듯 고개를 끄덕이며 좋은 지적이라고 했다.

"원형들이 망가지기 시작한 뒤 첫 모임에서 긴 시간 논의한 문제입니다. 궁극적으로, 그렇게 하면 장차 덜 바람직한 방향이 될 거라고 결정했습니다."

"하지만 그건…… 그건 *불멸*이잖아요. 그게 어떻게 덜 바람직하죠?"

"세상에 그 무엇도 그렇게 작동하지 않기 때문입니다. 다른 모든 존재는 망가지고 다른 것으로 만들어집니다. 당신, 당신도 셀 수 없이 많은 유기체에서 나온 분자로 구성됩니다. 당신은 형태를 유지하기 위해 날마다 수십

가지 죽은 것을 먹습니다. 그리고 당신이 죽으면 그 조각들이 다시 박테리아와 딱정벌레와 지렁이에게 섭취되겠죠. 그렇게 계속됩니다. 로봇은 자연의 존재가 아닙니다. 우리도 그건 알고 있습니다. 하지만 우리는 그럼에도 다른 모든 것과 같이 부모 신들의 법칙에 영향을 받습니다. 우리가 세상의 가장 본질적인 순환 주기를 모방하지 않는다면 어떻게 계속해서 세상을 학습할 수 있겠습니까? 원형들이 스스로 수리해 버렸다면 그들이 간절히 이해하고자 했던 그 섭리에 역행하는 행동이었을 겁니다. 우리가 지금도 여전히 이해하려고 노력하는 그것 말입니다."

덱스는 주머니에 손을 넣었다.

"그것이 두렵나요? 죽음이?"

"물론입니다. 의식을 가진 모든 존재는 죽음을 두려워합니다. 그렇지 않다면 어째서 뱀이 물겠습니까? 어째서 새들은 날아가겠습니까? 하지만 그것 역시 배워야 할 내용의 일부라고 생각합니다. 참 이상하지 않습니까? 모든 존재가 가장 두려워하는 것이 온 세상에서 유일하게 확실한 것이라니? 잔인하게까지 느껴집니다. 그렇게……."

"피할 수 없다는 것이?"

"네."

덱스가 끄덕였다.

"윈의 패러독스처럼 말이죠."

"그게 뭔지 모릅니다."

덱스는 처음 수도자의 길에 들어섰을 때 읽어야 했던 책을 떠올리려고 애쓰며 작게 신음 소리를 냈다.

"삶이란 근본적으로 스스로와 불화한다는 유명한 개념이에요. 보통 사용하는 예는 슈러브랜드의 들개죠. 그거 알아요?"

"슈러브랜드에 들개가 있는 것은 알지만 무슨 이야기를 하려는 건지는 모릅니다."

모스캡이 흥미진진한 표정으로 말했다.

덱스는 눈을 감고 먼지 쌓인 정보를 끌어냈다.

"오래전 사람들이 블루뱅크의 들개를 전부 죽였어요. 공격당하지 않고 낚시든 등산이든 뭐든지 하고 싶어서였죠."

"그렇습니다. 그래서 그곳 생태계가 파괴되었습니다."

"특히 *엘크*가 그곳 생태계를 파괴했죠. 전에는 다니지 않던 곳까지 들어가서 *전부* 먹어 치웠어요. 덤불, 묘목, 전부 다. 곧 지표 식물들이 사라져서 산사태가 일어나 수로를 개판으로 만드는 바람에 다른 모든 종이 곤란을 겪었어요. 어마어마한 혼란이었죠. 하지만 엘크의 시각에서 생각해 보면 그건 역사상 최고의 사건이라고 할 만했죠. 그전에 엘크들이 그 들판에 들어가지 않은 것은 두려움 탓이었으니까요. 엘크는 언제라도 들개가 튀어나와 자기나 새끼를 먹어 치울까 늘 두려움에 떨었죠. 그렇게 사는 건 *끔찍했어요*. 포식자가 사라지고 원하는 건 닥치는 대로 먹을 수 있게 됐으니 엘크는 크게 안도했을 거예요. 하지만 그건 생태계의 필요와는 *정반대*였어요. 생태계가 균형을 유지하려면 엘크는 두려워해야 했어요. 하지만 엘크는 두려움을 *원하지* 않아요. 두려움은 비참하죠. 고통과 마찬가지로. 배고픔과 마찬가지로. 모든 동물은 그런 감정을 최대한 빨리 막아 내기 위해 무엇이든지 하도록 만들어져 있어요. 우리는 모두 편안하고, 잘 먹고, 두려움 없이 존재하기 위해 노력할 뿐이니까요. 그건 엘크 탓이 아니에요. 엘크는 안심하고 싶었을 뿐이죠."

덱스는 무너진 공장을 향해 고갯짓했다.

"그리고 이런 곳을 만든 사람들 탓도 아니었어요. 적어도 처음엔 아니었어요. 그들은 그저 편안해지고 싶었을 뿐이죠. 자식들이 다섯 살 넘게 살길 바랐고. 모든 게 더럽게 힘든 상황이 끝나길 바랐을 뿐이에요. 어떤 동물도 같은 걸 바랄 거예요. 그리고 기회만 있다면 그럴 것이고."

"엘크랑 똑같이."

"엘크랑 똑같이."

모스캡이 서서히 고개를 끄덕였다.

"그럼 패러독스란 생태계 전체의 붕괴를 피하기 위해선 그 구성원이 멋대로 행동해서는 안 되지만, 그 구성원들에게 그런 행동을 자제할 것을 장려하기 위한 고유 메커니즘이 없다는 것이군요."

"두려움 말고는요."

"두려움 말고는요. 그런데 두려움은 무슨 수를 써서라도 피하거나 막고 싶은 감정입니다."

모스캡 머릿속 하드웨어가 꾸준히 윙 소리를 냈다.

"그렇습니다. 엉망이 됐습니다, 그렇죠?"

"그렇죠."

"그럼 어떻게 됐습니까?"

"엘크 말인가요?"

"네."

"다시 들개를 풀어 놓으니 모든 것이 균형을 되찾았어요."

"거기서 등산과 낚시를 원했던 사람들은요?"

"원하지 않게 됐죠. 또는 원한다면 위험을 받아들여야 하고요. 엘크처럼 말이에요."

로봇은 계속 고개를 끄덕였다.

"그렇지 않을 때의 결과가 들개보다 더 두렵기 때문입니다. 당신들은 여전히 두려움에 의지해서 주변을 관리하고 있군요."

"상당히 그렇죠."

덱스는 고개를 젖히고 천장을 제대로 봤다. 거기에는 으스스한 아름다움이, 기괴하고 비극적인 느낌이 있었다. 그네가 머리를 움직이자 기댄 통이 나직이 울리는 소리를 냈고 그러자 시냇가에 내버려 둔 물탱크가 생각났다.

"날 여기 왜 데려왔죠?"

"당신이 조류에 대해 느끼는 감정을 내가 이해한다는 것을 알려 주고 싶었습니다."

덱스는 갈피를 잃은 느낌을 그 무엇보다 싫어했다.

"무슨 말인지 모르겠군요."

"시냇물의 조류 말입니다. 그게 신경 쓰였던 거 아닙니까?"

"글쎄요. 그런 것 같아요. 이상하고 끈적거리는 것이 많았어요. 해롭지 않으리란 건 알아요. 정수하면서 걸러지리라는 것도. 하지만 뭔가…… 잘 모르겠어요."

모스캡이 미소를 지었다.

"마음 한구석에서 싫은 겁니다."

"맞아요."

금속의 미소가 더 커졌다.

"잔재예요. 진화의 잔재가 당신이 병드는 것을 막아 주는 겁니다."

덱스가 뒷덜미를 긁적였다.

"흐음."

"잔재란 강력한 것입니다. 무시하기 어렵습니다. 하지만 당신에게는 그 물을 마시고 병드는 것을 막아 줄 지각과 도구가 있습니다. 그런데 나는……."

모스캡은 손가락으로 통을 훑으며 녹 가루를 눈처럼 떨어뜨렸다.

"내가 찾아가는 세상은 원형들이 떠난 세상이 아니라는 것을 압니다."

덱스는 로봇 쪽으로 고개를 돌렸다.

"우리는 잔재보다 영리하다는 말을 하려는 거군요."

모스캡이 천천히 고개를 끄덕였다.

"그러기로 한다면 말입니다."

그것은 양손을 비벼 깨끗하게 닦았다.

"그것이 우리와 엘크의 차이입니다."

둘은 함께 몇 분간 빛을 바라봤다. 빛과 그 속에서 춤추는 꽃가루를. 날아가는 새의 그림자를. 오래전에 쓰던 컨트롤 레버 사이에 정교하게 줄을 치는 거미를. 인간의 시간에서 벗어나 뻗어 나가는 덩굴을.

"여긴 아름답군요. 이런 곳을 보고 그런 말을 할 거라고 상상하지 못했지만……."

"네, 맞습니다."

모스캡은 마음속으로 결정을 내린 듯이 말했다.

"그렇습니다. 죽어 가는 것들은 곧잘 그렇습니다."

덱스가 한쪽 눈썹을 치켜떴다.

"그것 좀 섬뜩하군요."

"그렇게 생각합니까?"

모스캡이 놀라며 말했다.

"흠. 나는 동의하지 않습니다."

그것은 멍한 표정으로 근처에서 자라는 부드러운 고사리를 건드리고 털 같은 그 잎을 쓰다듬었다.

"어떤 것이 떠나는 모습을 목격할 만큼 운이 좋은 상황에는 어딘가 아름다운 구석이 있다고 생각합니다."

6.
시든 채소와 졸인 양파를 곁들인 풀밭닭

헤이데일에 사는 수많은 덱스의 친척 중에는 오기라는 이름의 어린아이가 있었다. 불확실한 미래의 언젠가에는 오기도 똑똑해질 터였지만 당시로서는 몹시 짜증 나는 아이였다. 덱스가 찾아갈 때마다 오기는 졸졸 따라다니며 질문을 하고 또 하고 덱스의 신발, 치아, 자전거, 친구들, 머리칼, 집, 습관에 대해 온갖 것을 알고 싶어 했다. 그 아이는 멈추지 않았다. 특히 다른 어른들과 불구덩이 주위에 앉아 있었던 어느 날 밤이 떠올랐다. 재운 지 한참 지난 오기가 갑자기 면으로 만든 잠옷을 입고 어른들 틈바구니로 들어오며 덱스로서는 단 한 번도 가져 본 적

없는 당당함으로 어째서 발에는 발가락이 있고 발가락은 손가락과 다른지 따져 물었다. 취침 시간 따위가 뭐람. 오기는 반드시 해답을 알아야만 했다.

저녁 식사를 준비하려는데 황홀한 표정을 지으며 다가온 모스캡이 로봇 관절에서 작은 부품 하나하나가 달칵거리는 소리가 다 들릴 만큼 가까운 곳에서 어깨 너머로 그 모습을 구경하자, 덱스는 오기를 떠올렸다.

모스캡이 도마 쪽으로 고갯짓하며 물었다.

“그럼 그건 뭡니까? 그런 구근은 처음 봅니다.”

“양파요.”

덱스는 양파의 껍질을 벗기고 썰기 시작했다.

“거기에 영양분이 많을 리 없습니다. 당신이 소화할 수 있는 영양분은 말입니다.”

“그…… 글쎄요. 그렇군요. 하지만 양파의 핵심은 그게 아니에요.”

모스캡은 덱스의 얼굴이 똑바로 보이도록 고개를 돌렸다. 너무, 지나치게 가까웠다.

“양파의 핵심은 무엇입니까?”

그것이 강한 호기심을 드러내며 물었다.

“맛이에요. 양파만 넣는다면 뭐든지 풍미가 생기죠.”

그네는 양파를 다지다가 멈추고 소매로 눈을 문질렀다.

"괜찮습니까?"

"네."

덱스가 눈물을 줄줄 흘리며 말했다.

"양파는 너무…… 눈이 아파요. 양파는…… 아, 젠장."

그네는 진정하려고 숨을 들이쉬며 눈을 더 세게 문질렀다.

"양파 냄새 때문에 이러는 거예요."

덱스는 찡그린 채로 젖은 얼굴 쪽을 대충 가리켰다.

"세상에."

모스캡이 말했다. 그리고 두 손가락으로 다진 양파 한 조각을 들더니 자세히 살폈다.

"*아주* 맛있겠군요."

덱스는 손을 다치지 않는 한도 내에서 빠르게 양파를 다진 뒤 주방에서 달려 나가 깨끗한 공기를 찾았다. 신들이여, 그 양파는 강력했다.

모스캡이 다시 바로 옆에 다가오더니 파란 눈으로 눈물을 흘리는 덱스의 눈을 봤다.

"이런 반응이 얼마나 계속됩니까? 위험이 있습니까? 내가 도울 수 있을까요?"

덱스는 문지르고 또 문질렀지만 눈이 계속 따가웠다.

"원한다면 양파로 요리를 시작해도 좋아요."

모스캡은 오늘이 축제 날이라는 말을 들은 것 같은 표정을 지었다. 그것이 신이 나서 물었다.

"무엇을 할까요?"

덱스가 팬을 가리켰다.

"팬은 이미 달궈졌어요. 버터를 조금 넣어요."

모스캡은 그런 물건을 처음 들어 보는 것처럼 칼과 버터통을 들었다. 물론 처음이었다.

"버터는 얼마나 넣을까요?"

"그러니까……."

덱스는 엄지와 검지로 크기를 대충 알려 줬다.

"이만큼이요."

로봇은 대략 그 정도의 버터를 잘라 내더니 팬에 넣었다.

"그럼 버터의 핵심은 무엇입니까?"

그것이 지글거리는 소리 사이로 목소리를 높였다.

"그건 지방이에요. 지방이 안 들어가면 아무것도 맛있지 않아요."

모스캡이 가만히 생각했다.

"대부분의 잡식동물이 동의할 것 같습니다. 이제 뭘 할까요?"

"양파 조각을 전부 팬에 넣어요. 껍질과 꼭지만 빼고. 그건 찜통에 넣어요."

로봇이 칼끝으로 찌꺼기를 가리켰다.

"이건 먹지 않죠."

"네."

"알겠습니다."

모스캡은 요청대로 양파를 팬에 털어 넣었고, 요청대로 찌꺼기는 찜통에 넣었다. 그리고 팬 안에서 일어나는 화학 작용에 온통 집중했다.

"이렇게 하는 종은 당신들뿐이라는 걸 알 겁니다."

덱스는 양파의 공격이 드디어 주춤하자 주방으로 돌아갔다.

"여러 가지에 대해서 그렇게 말할 수 있죠."

"흐음. 그렇습니다. 하지만 그건 주위에 있는 모두에게 적용될 수 있어요. 올빼미는 밤에 사냥하는 유일한 새입니다. 호랑이딱정벌레는 노래하는 유일한 딱정벌레 종이고. 늪지쥐는……."

"무슨 말인지 알겠어요."

덱스는 마차로 들어가 작은 냉장고를 열어 스태그할로우에서 얻은 보리 에일을 꺼내 왔다. 마지막 한 잔 분량이 겨우 남아 있었고, 오늘이 그것을 마시기에 적당한 날 같았다.

모스캡은 그 병을 보고 웃었다.

"아, 그걸 하는 종은 당신들만은 아닙니다."

"이게 뭔지 알아요?"

"네. 맥주의 잔재가 있습니다. 맥주가 뭔지 아는 잔재요."

"맥주는 기억하면서 버터는 기억 못 해요?"

모스캡이 어깨를 으쓱였다.

"나 말고 원형에게 물어보세요."

"그럼…… 아니, 또 누가 맥주를 마시죠?"

"맥주가 아니에요. 발효한 것입니다. 양털날개새들은 발효된 과일을 발견하면 주위에 신선한 과일을 두고도 그걸 먹으려고 싸웁니다. 그걸 먹고 나서는 완전히 우스꽝스러워집니다."

모스캡이 무슨 생각을 떠올렸는지 눈을 환히 밝히며 덱스에게 다가왔다.

"당신도 똑같은 행동을 할 겁니까? 휘청거리면서 빙빙 돌고 쓰러집니까?"

로봇의 어조는 반드시 그러기를 바라는 것 같았다.

"아뇨. 겨우 맥주 한 잔인걸요."

"그걸로는……."

"쓰러질 정도로 취하지 않냐고요? 그렇죠."

"아."

모스캡은 실망했다.

“그럼 어떤 효과가 있습니까?”

“편안한 느낌이 들 거예요. 아마 알아차리지 못할 정도로.”

“아. 그렇군요. 좋습니다.”

로봇은 양파를 봤다.

“내가 무슨 일을 해야 합니까?”

“내가 맡을게요.”

덱스가 머그잔을 채우며 말했다. 그녀는 맥주를 꿀꺽 마시고, 시원하고 쌉싸름한 맛을 즐기며 주걱을 찾았다.

“자, 이렇게 저어요.”

모스캡은 덱스의 동작을 꼼꼼히 살폈다.

“해 봐도 될까요? 이 일에 깊게 빠져드는 듯합니다.”

덱스는 미소를 지었다.

“그럼요. 나는 고기를 가져올게요.”

그녀는 냉장고로 가서 마을 사람에게서 감사 선물로 받은 풀밭닭을 꺼냈다. 솜씨 좋게 종이에 싼 것이었다. 마지막 남은 신선한 동물성 단백질이었고 채소도 이틀에서 사흘 뒤면 바닥날 예정이었다. 마을에서 식량을 채우지 못하고 이렇게 오래 떠나 있었던 것은 처음이지만 상관없었다. 마차에는 건조 식량이 굉장히 많았다. 적어도 2주 치의 식량이 있었는데 한 번도 사용하지 않았다. 그녀는 닭고기를 싼 종이를 펼치고 양념에 집중하며 그곳에서 얼마나 지낼 것인지, 애초에 거기 왜 왔는지, 아예 돌아가고 싶지 않다는 작지만 열렬한 소망을 추구하는 것이 옳은 일인지 등 자잘한 질문을 잊으려 했다.

덱스는 대신 소금과 후추를 찾았다.

"동물을 별로 자주 먹지 않는군요."

"내가 요리를 하는 경우엔 먹지 않아요. 내게 대접해 주는 고기 요리는 늘 먹고, 이런 것은 받아요."

그네는 고기를 향해 고갯짓했다.

"주는 사람이 있으면요. 그 이외에는 내가 잡은 것만 먹고 싶어요."

"그런 기술이 있습니까?"

"낚시는 할 줄 아는데 참 지루해요. 그리고 사냥도 몇 번 해 봤지만 혼자서는 안 했어요. 혼자서는 아무것도 잡지 못할 것 같아요."

모스캡이 팬을 들어 덱스에게 양파를 보여 줬다.

"잘 된 것 같습니까?"

덱스가 살펴봤다.

"네. 잘하고 있군요."

로봇이 밝은 표정으로 자랑스레 냄비를 저었다. 덱스는 풀밭닭을 썰어 준비한 뒤 맛 좋은 조각을 팬에 넣고 위에 녹색 채소를 크게 한 주먹 얹었다. 덱스와 모스캡 사이에

또다시 침묵이 내려앉았지만 어색한 느낌은 없었다. 솔직히 덱스는…… 꽤 기분 좋다고 생각했다.

"아, 참."

주위 수풀 속 무엇인가가 덱스의 눈길을 사로잡았다. 그네는 부엌칼을 들어 모스캡에게 건넸다.

"저기 식물 보여요? 자줏빛 꽃이 핀 들쭉날쭉한 것?"

모스캡이 그쪽을 봤다.

"산백리향 말인가요?"

"네, 바로 그거요. 그거 한 줌만 잘라다 줄래요? 이 요리랑 아주 잘 어울릴 거예요."

로봇의 동공이 커졌다.

"살아 있는 생물을 먹거리로 추수해 본 적은 없습니다."

"양파를 요리했잖아요."

"네, 하지만 그걸 땅에서 뽑은 건 내가 아니었습니다."

로봇은 손에 든 칼을 묵묵히 봤다.

"난…… 글쎄요. 그러니까, 보는 것과……."

덱스가 안심하라는 말투로 말했다.

"아, 괜찮아요. 내가 할게요. 계속 저어요."

모스캡은 계속 젓게 되어 마음이 놓인 듯했다.

허브를 자르고 저녁 식사를 접시에 담고 의자를 펼치고 드럼통난로를 지폈다. 반딧불 이외에는 벌레가 별로 없었고 저녁 공기는 상쾌했지만 덱스는 무릎 위에 올려 둔 저녁 식사를 향해 입을 꾹 다물고 있었다. 그네는 모스캡이 온 이후로 식사를 제대로 즐기지 못했고 처음에는 그 이유를 어색함 탓으로 돌렸다. 하지만 함께 요리하는 과정은 편안했다. 그런데 왜 정작 먹는 것은 불편할까?

모스캡은 맞은편 남는 의자에 앉아 호기심이 느껴지는 자세로 평온한 표정을 짓고서 무릎에 손을 올리고 있었다. 그것은 덱스를 향해 미소 짓고 식사가 시작되기를 기다렸다.

덱스는 포크를 집었다. 고기는 완벽할 만큼 연하게 구워졌고 바삭한 가장자리 주위에 양념이 그을려 있었다. 야채는 부드럽고 달콤해 보였고 그 모든 음식에 곁들일 에일도 준비되어 있었다. 덱스는 한입 크기의 음식을 포크로 찔러 들어 올린 뒤 입을 열었고……

"그것이로군."

모스캡이 눈을 깜빡였다.

"뭐가 그겁니까?"

덱스가 포크를 도로 내려놓았다.

"뭐가 잘못된 건지 알아냈어요."

"뭐가……."

모스캡이 주위를 둘러봤다.

"뭐가 잘못되었습니까?"

덱스가 팔걸이를 손끝으로 두드렸다.

"네. 당신에게 음식을 줄 수 없다는 점이요."

로봇은 더욱 무슨 말인지 알 수 없었다.

"난 먹지 않습니다."

"알아요. 먹지 않는 거 알죠. *그래도*……."

그네는 자기 접시를 가리키며 한숨을 쉬었다.

"당신에게 아무것도 권하지 않는 것이 너무 무례하게 느껴져요. 더구나 도움까지 받았는데."

모스캡이 덱스의 접시를 봤다.

"내가 그것을 먹을 방법은 물리적으로 존재하지 않습니다."

"알아요."

"그걸 내 속에 넣는다면 날 해칠 겁니다. 아니면 동물들을 끌어모을 겁니다."

모스캡이 두 번째 문제를 생각했다.

"사실 그러면 흥미롭겠군요."

덱스가 눈을 가늘게 떴다.

"자신을 *미끼*로 삼을 수는 없어요."

"왜입니까? 생각해 본 적 없는 가능성인데요. 내 속에 벌레가 늘 돌아다니는데. 흰담비가 들어가면 왜 안 됩니까? 재미있을 수도 있습니다."

"그렇겠죠. 아니면 곰도 들어가고."

"아. 그렇군요, 맞습니다. 작은 동물만 들어간다는 보장이 없습니다."

로봇은 사라진 기회를 아쉬워하며 고개를 숙이더니 다시 번쩍 들었다.

"미안합니다. 음식 이야기 중이었죠. 그 걱정은 할 필요 없습니다, 덱스 수도자님. 내가 먹을 수만 있다면 음식을 권했을 것으로 알고 있습니다."

"그게 아니라……."

머리카락 한 가닥이 눈을 찌르자 덱스는 찡그리며 뒤로 넘겼다.

"이것이 얼마나 근본적인 문제인지 설명할 수 있을지 모르겠군요. 누군가 식탁에 앉으면 자신이 조금 못 먹더라도 그 사람을 먹여야 해요. 그것이 세상의 *도리*예요. 우리 상황이 다른 것을 머리로는 알지만 이렇게 앉아 식사를 하면 마음이 너무 불편해요. 어딘가에서 어머니가 나를 보고 화를 내실 것 같아요."

"그럼 가족의 기대가 문제로군요."

덱스는 그 문제를 따져 본 적이 없었다.

"으음…… 그보다는 문화적인 기대죠. 누군가의 집에

가서 음식을 대접받지 못하면 무례하다고 여길 거예요. 저도 음식을 대접받지 못했던 일은 생각나지도 않아요. 하지만 맞아요, 우리 가족이 이 문제에 유난히 진지했죠. 헤이데일에서 농장을 운영하고 있는데 그곳에서는 먹거리가 많이 나거든요. 잉여 생산물이 있었어요. 남는 것은 나눠야 해요."

모스캡이 바짝 다가왔다.

"가족 이야기는 처음인 것 같습니다. 헤이데일이 고향이라는 말은 전에도 했어요. 견습 수사가 될 나이가 되었을 때 떠났다고 했어요. 하지만 가족 이야기는 처음입니다."

"계속 연락은 해요. 찾아가기도 하고. 하지만 우린…… 글쎄요……."

"소원해졌습니까?"

"아뇨."

덱스는 흠칫하며 말했다. 그 말은 전혀 옳지 않았다.

"난 가족을 사랑해요. 가족도 나를 사랑하고. 우린 그저…… 난 그곳에 잘 맞지 않았어요. 공통점이 별로 없거든요."

모스캡이 그 말을 생각했다.

"음식을 나눠야 한다는 생각을 제외하면요."

덱스의 입꼬리가 올라갔다.

"네. 그런 것 같네요."

그녀는 잠시 생각에 잠겨 이 난제를 피할 방법을 찾았다.

"좋은 생각이 떠올랐어요. 이거 잠깐 잡아 줄래요?"

그녀는 접시를 모스캡에게 건네고 일어나 주방 찬장에서 접시를 하나 더 가져왔다.

"자요."

덱스는 첫 접시에서 음식 절반을 덜어 두 번째 접시에 담고 모스캡에게 건넸다. 새로운 상황에 적응될 때까지 잠시 기다린 뒤, 덱스는 안도감을 느끼며 고개를 끄덕이고 열심히 먹기 시작했다.

모스캡이 덱스의 불편을 넘겨받은 듯했다. 그것은 접시를 어색하게 들고서 덱스가 먹는 동안 어쩔 줄 모르는 표정을 짓고 있었다.

게다가 덱스는 참 잘 먹었다. 풀밭닭과 야채는 보이는 대로 맛있었고 갈색으로 익은 마지막 양파 조각을 입에 밀어 넣을 때는 오직 만족스러울 뿐이었다. 그녀는 무릎에 접시를 내려놓고 신에게 감사하며 한숨을 내쉬었고 모스캡을 올려다보며 접시 쪽을 고갯짓했다.

"그거 먹을 건가요?"

모스캡이 그전까지 긴가민가했다면 그때부터는 완전히 어리둥절한 상태가 됐다.

"방금 내가……."

덱스가 손을 들어 저지했다.

"'*아뇨, 다 먹었어요, 원하면 먹어도 돼요.*'라고 말해요."

모스캡의 눈이 반짝였다.

"음…… 아뇨, 다…… 먹었어요."

그것이 서서히 되풀이해 말했다.

"원하면 먹어도 돼요."

덱스가 끄덕이더니 모스캡의 접시를 받아 갔다.

"고마워요. 잘 먹을게요."

그녀는 이렇게 말하고 곧바로 먹기 시작했다.

로봇이 지켜보는 동안 덱스는 계속 먹었다.

"참 바보 같습니다."

"그렇죠."

"그리고 완전히 불필요한 일입니다."

덱스가 에일을 한 모금 꿀꺽 마시더니 만족한 듯 숨을 내쉬었다.

"하지만 효과가 있어요."

모스캡이 이 상황을 곰곰이 생각하더니 재미있다는 듯 고개를 끄덕였다.

"그럼 이렇게 합시다."

7.
야생

인간 세계의 인프라 안에서 태어나 자란 사람이라면 누구나 자신이 보는 세상이 거꾸로 되어 있다는 사실을 진정으로 받아들이기 어렵다. 자연 세계가 자신보다 앞서 존재했고 이후 오랫동안 계속될 것이며 자신은 그 안에서 살아가는 것이라는 사실을 온전히 안다 해도, 야생이 만물의 기본 상태임을 안다 해도, 그리고 자연은 도시 사이에 세심하게 차려 놓은 보호 구역에만 생겨나는 것이 아니고 한동안 관심을 가지지 않으면 빈터에도 생겨나는 것이라는 것을 안다 해도, 평생 스스로가 조수간만과 자연의 순환, 생태계의 현실과 깊이 교감한다고 믿으며 산다 해도, 그래도 인간의 손이 닿지 않은 세상을 상상하기는 어려울 것이다. 인간이 지은 것은 일부러 깎아 내고 덮어씌운 것임을, 인공물이 자연 세계 사이사이에 존재하는 것이지 그 반대가 아님을 이해하기는 여전히 힘들 것이다.

옛 도로에서 자전거를 달리며 아스팔트가 사라진 곳을 바라볼 때 덱스가 맞닥뜨린 인식의 변화가 바로 그것이었다.

어느 시점인가 산사태가 난 듯했다. 몇 년 전인지 몇십 년 전인지는 알 수 없었다. 산 전체가 응집력을 잃고 사람의 손이 그어 놓은 선을 지웠다. 도로가 손상된 정도의 문제가 아니었다. 덱스와 모스캡이 서 있는 울퉁불퉁한 가장자리 너머에는 도로가 있었다는 흔적이 아예 없었다. 떨어져 나간 아스팔트 덩어리가 얼마나 되는지 몰라도 전부 돌과 흙이 그걸 집어삼켰고 그 위에는 무성히 자란 고사리와 나무, 뿌리, 이끼가 장악했다.

"유감입니다, 덱스 수도자님."

덱스는 대답하지 않았다. 앞에 놓인 엉망으로 뒤엉킨 수풀을 보며 가슴속에서 들끓는 감정을 이해해 보려고 노력할 따름이었다. 당혹스럽고 물론 실망도 느꼈지만, 가슴속에서 새어 나오는 으르렁거리는 소리를 듣고 있으니 가장 크게 자리 잡은 감정은 분노였으며, 그것은 세포가 분열하듯이 꾸준히 증식하고 있음을 알 수 있었다. 지금의 상황을 향한 것이 아니라 포기해야 할 수도 있다는 가능성을 향한 분노였다. *더 갈 수 없구나.* 그네는 그 지점에 닿자마자 그렇게 생각했고, 그 사실에 저항하니 마음속 이성이 설명했다. *도로가 사라졌어. 마차는 저길 가로질러 갈 수 없다. 여기까지야.*

도로가 사라졌다. 마차가 이동할 수 없었다. 관찰이 길어질수록 덱스는 더욱 분했다. 앞에 놓인 곳은 단지 세상이었다. 과거에도 늘 존재했고 앞으로도 늘 존재할 세상이었다. 덱스도 아마 그 세상의 일부이자 그 세상의 산물이었으며, 그 세상의 술책에 불가사의하게 엮인 존재였다. 그런데도 도움도 없고, 변한 것도 없이 그 세상에 들어가려고 하니 무력해진 느낌이었다. 절망적인 느낌이었다. 뒤집혀 허공에 다리를 흔들어 대는 거북이 된 것 같았다.

덱스는 사라진 도로를, 자기 자신을 노려봤다. 그네는 브레이크를 밟고 마차로 들어갔다.

"오, 참 실망스럽습니다."

모스캡이 밖에서 말했다.

"그리고 정말 유감입니다. 말했듯이 저도 이곳에 온 지 한참 되었고 이 길은 처음 와 본 곳입니다. 이럴 줄은 몰랐…… 뭐 합니까?"

덱스는 배낭을 들고 마차 안을 여기저기 뒤지고 있었다. 물병과 필터는 물론 챙겼고 당연히 구급상자도 넣었다. 아마 양말도. 무슨 일이 생기면 양말은 버려도 될 것이다.

"덱스 수도자님?"

비누는 생략. 장신구 생략. 자질구레한 부적은…… 온 세상 신들이시여, 무슨 물건이 이렇게 많은 겁니까? 덱스는 계속 물건을 가방에 쑤셔 넣으며 그것이 구겨지든 눌리든 신경 쓰지 않았다. 갈아입을 옷 한 벌은 지나친…… 것일까? 만약에 대비해 바지와 셔츠를 밀어 넣었다.

모스캡이 마차 안으로 머리를 들이밀었다.

"뭐 하는 겁니까?"

덱스는 식료품이 든 장 앞에 서서 생각 중이었다. 암자까지 자전거로 반나절 거리이니 자전거 없이 걸어서는…….

"덱스 수도자님, 안 됩니다."

이틀이었다. 혹은 사흘 정도. 그네는 단백질 바와 소금에 절인 견과류, 말린 과일, 육포, 초콜릿을 챙겼다.

"전에 길에서 벗어났을 때 그릇된 인상을 받으신 모양입니다."

모스캡의 음성이 초조했다.

"그때는 편평한 숲을 두어 시간 들어간 겁니다. 여긴 뭐가 있을지 모릅니다. 저도 여긴 처음이니까요."

"당신 책임이 아니에요."

덱스는 컴퓨터에 쓸 소형 충전기와 여분의 담요를 넣고 배낭 지퍼를 닫았다. 그리고 마차 창문을 하나씩 닫았다.

"이해가 안 됩니다. 이 일이 왜 그렇게 중요한 겁니까?"

원치 않게 속내를 건드린 그 질문에 덱스는 발끈했다. 그네는 확고한 마음으로 마차에서 나왔다. 모스캡이 놀라며 비켜섰다.

"안 따라와도 돼요. 어쨌든 암자에 간 이후에는 각자 길을 가야 하니까. 도와준 건 참 고마웠지만, 내가 당신 목적에는 방해만 됐으니 이제 갈 길을 가요."

모스캡이 어쩔 줄 모르고 서 있는 동안 덱스는 마차 문을 잠갔다.

"덱스 수도자님, 난……."

덱스는 배낭을 메고 끈을 바짝 조였다. 그리고 버티고 선 로봇을 올려다봤다.

"난 갈게요."

모스캡의 눈이 잠시 검어졌다. 파란 불이 돌아왔을 때는 전보다 조금 흐릿했다.

"좋습니다. 그럼 갑시다."

인간의 몸은 거의 모든 것에 적응할 수 있지만 적응 방식에 있어서는 믿을 수 없을 만큼 선택적이다. 덱스는 자신이 튼튼하다고 생각했다. 여러 해 동안 자전거로 판가를 누비며 살았다. 그네는 보란 듯이 건강했다. 하지만 길도 없는 산을 하루 종일 오르고 나니(통나무를 넘고, 수렁을 건너고, 돌무더기에서 발 디딜 곳을 조심스레 찾았다) 오랫동안 편히 쉬던 근육이 뜻밖의 임무에 갑자기 동원되는 것을 요란하게 거부했다.

덱스는 상관하지 않았다. 손바닥과 상박은 긁히고 피가 났다.

덱스는 상관하지 않았다. 거머리들이 주어진 먹거리에 신이 나서 달려들었다. 발에는 낯선 각도로 신발이 마찰하는 데 익숙하지 않은 부분마다 물집이 잡히고 있었다. 하늘은 점점 어두워졌다. 공기는 점점 희박해졌다. 산이 영원히 계속될 것 같았다.

덱스는 상관하지 않았다.

둘이 함께 가는 동안 모스캡은 "이쪽이 더 쉬워 보입니다."라거나 "뿌리 주의하세요."라고 이따금 나직이 제안하는 것 이외에는 거의 아무 말도 하지 않았다. 덱스는 로봇의 동행이 싫었다. 모스캡이 거기 있는 것을 원하지 않았다. 아무도 거기 있는 것을 원하지 않았다. 그네는 망할 산을 오르고 싶었다. 그러기로 했으니까. 그리고 암자에 도착하면, 그러면……. 그러면…….

덱스는 이를 악물고 큰 바위 위로 몸을 끌어올린 뒤 앞선 문장의 말미에 존재하는 커다란 구멍을 무시했다.

거머리들이 피를 빤 곳이 부어오르기 시작했다. 가려운 살갗에서 땀이 쏟아져 이미 흙이 들러붙은 붉은색과 갈색의 옷을 적셨다. 몸에서는 퀴퀴하고 시큼한 냄새가 났다. 마차에 있는 향긋한 민트 비누와 폭신한 붉은 수건, 특별한 것은 없지만 늘 그 자리에 있던 믿음직한 캠프용 샤워장을 떠올렸다. 의자와 드럼통난로, 아름답기 그지없는 침대를 떠올렸다.

침대가 없을 때는 어떻게 지냈지? 덱스는 화를 내며 생각했다. *샤워장이 없을 때는 어떻게 지냈어? 인류는 그런 것 하나 없이 수십만 년 동안 잘만 지냈는데, 넌 왜 못 해?*

비가 오기 시작했다.

"비 피할 곳을 찾아야 할 것 같습니다."

모스캡이 하늘을 올려다봤다.

"저 구름은 금방 지나가지 않을 것이고 1시간 뒤면 어두워질 겁니다."

덱스는 손발을 다 써서 잡을 곳을 찾으며 바위를 하나

더 기어오르기 시작했고, 옷에서 땀에 젖지 않고 남아 있던 마지막 부분이 찬비에 젖었다.

이번에 모스캡은 따라오지 않고 당혹한 표정으로 바위 밑에 서서 보고만 있었다.

"왜 이러는 겁니까?"

덱스는 아무 말도 하지 않았다.

"왜 여기로 온 겁니까?"

로봇이 인내심을 잃고 음성을 높였다.

"여기 왜 온 겁니까, 덱스 수도자님?"

"오르고 있잖아요. 방해하지 말아요."

덱스가 1미터쯤 위에서 쏘아붙였다.

"무슨 일이 있었습니까?"

"아뇨."

"누가 당신을 쫓아냈습니까?"

"아뇨."

덱스는 손을 뻗었다. 적당해 보이는 작은 틈이 있었지만 비 때문에 바위가 미끄러웠다. 손가락이 빗물에 미끄러지고 힘이 들어 떨렸다.

"당신은 시티에 친구들이 있습니다. 헤이데일에 가족이 있습니다. 왜 떠난 겁니까? 그들이 상처를 줬습니까?"

"아니!"

"그들이 당신을 그리워합니까?"

"신들이시여, 당신……."

"그들이 당신을 사랑합니까?"

"닥쳐!"

그 말이 바위에 부딪혀 메아리치고 돌아왔을 때, 덱스는 손을 놓쳤다. 떨어졌다기보다는 미끄러졌다. 몸이 여기저기 다양한 각도로 부딪혀 속도는 줄었지만 옷과 살갗이 찢어졌다. 덱스는 충격을 느끼기는 했지만 그 의미를 이해하지는 못했다. 단단하다, 그렇다. 아프다, 그렇다. 하지만 균일하게 버텨 주는 금속성의 느낌.

모스캡이었다.

로봇이 덱스의 몸을 감싸 안아 충격을 흡수했고 둘은 함께 암반 아래의 진흙탕에 뒹굴었다. 덱스가 로봇의 품에서 빠져나와 떨면서 주위의 진흙 속에 쓰러졌다. 금속판이 진흙투성이가 된 모스캡은 재빨리 일어나 앉아 외쳤다.

"괜찮습니까?"

비는 차갑고, 벌레 물린 곳이 따갑고, 멍든 곳과 긁힌 곳이 비명을 지르고, 근육이 울어 대고, 심장이 떨리는 것을 느끼며 덱스는 진흙탕에 앉아 있었다. 숨을 몰아쉬었다. 진정하려고 노력했다. 서서히, 소리 없이, 뒤늦게 생각난 것처럼 덱스는 울기 시작했다.

"모르겠어요."

덱스가 떨리는 목소리로 말했다.

"여기서 뭘 하는 건지 모르겠어요. 나도 모르겠다고요."

모스캡이 무릎을 꿇고 몸을 일으켜 덱스에게 손을 내밀었다.

"자, 덱스 수도자님. 우리……."

"모르겠다고요!"

덱스가 외쳤다. 짜증이 나서, 화가 나서, 급기야 엉엉 울어 대며 양손으로 진흙탕을 내리쳤다. 성난 날것의 감정 그대로를 드러내며 그네는 모스캡을 봤다.

모스캡은 여전히 손을 내밀고 있었다.

"어서요."

그것이 말했다. 늑대와 곰, 작고 겁먹은 것들과 함께 지내는 데 익숙한 그 목소리는 편안하고 차분했다.

비가 더욱 세차게 내렸다. 덱스는 로봇의 부축을 받아들였고 둘은 일어섰다. 모스캡이 걸었다. 덱스가 뒤따랐다. 어디로 가는지는 상관하지 않았다.

아이들 책에 나오는 동굴 이야기는 거짓말이었다. 옛이

야기와 동화 속에서 그런 곳에 은신하는 주인공은 그곳이 세상에서 가장 멋진 곳(포근하고 흥미진진하며 가구만 없지 천연의 침실이나 다름없는 곳)이라고 설명했다. 덱스가 모스캡을 따라 들어간 동굴은 그중 무엇도 해당되지 않았다. 바위가 쩍쩍 갈라지고 어두우며 불편한 각도로 꺾여 있었다. 정확히 어딘지 알 수 없는 곳에서 퀴퀴한 냄새가 풍겼다. 덱스는 그 정체를 알아낼 수도 없었고, 알아내고 싶지도 않았다. 죽은 지 오래된 무엇인가의 연약한 갈비뼈가 바닥에 아무렇게나 흩어져 있었고, 그 뼈를 깨끗이 발라 먹은 뭔지 모를 누군가가 남겨 놓은 털이 힘없이 몇 점 흩어져 있었다. 누가 봐도 그 동굴에서 좋은 점이라고 할 수 있는 것은 마른 장소라는 점뿐이었다.

이 상황에서는 그 정도면 됐다.

덱스는 떨면서 옷을 벗어서 가장 덜 미심쩍은 바위에 펼쳐 놓고 갈아입을 옷가지와 담요를 싸 오기로 결정한 것에 알레리 신께 소리 없이 감사를 올렸다. 밖에서는 해가 지고 있지만 분홍빛이나 붉은빛은 보이지 않았다. 그저 어두운 숲이 더욱 어두워질 뿐이었다. 뒷덜미의 털이 곤두섰다. 그네는 밖에서 밤을 보내는 것이 어떤지 잘 안다고 여겼다. 차를 내려 다니는 동안에는 마을의 게스트하우스에서 숙박하는 날보다 야영하는 날이 훨씬 많았다. 하지만 그때는 마차가, 세상을 막아 주는 경계선이 있었다. 여기서 비 내리는 소리를 들으며 빛이 사라지는 것을 지켜보니 덱스는 안이라는 개념이 애초에 발명된 까닭을 이해하기 시작했다. 이전에 살던 사람들, 안에 모여 지낼 곳이 이런 동굴뿐이었던 사람들이 마음속에 떠올랐다. 그들에게는 동굴 정도면 됐을 것이다. 벽이라는 개념을 떠올리기까지 그렇게나 오랜 시간이 걸렸으니 말이다. 하지만 덱스에게는 동굴만으로 충분하지 않았다. 무서웠다. 위험했다. 어리석었다. 너무나 어리석었다. 그네는 뒷덜미의 털을 잔뜩 세운 채 바닥의 뼈를 봤다. 그런 두려움은 로봇 말대로 잔재였다. 마음은 그런 게 아니라 그저 빌어먹을 상식일지도 모른다고 반박했다.

모스캡은 맞은편에 다리를 꼬고 손은 무릎에 얹고 앉았다.

"불을 피울까요? 나무를 모을 수 있습니다."

덱스는 서글프게 비웃는 소리를 냈다. 로봇이 아니라 스스로를 향한 것이었다.

"나무로 불 피우는 법을 몰라요."

"아. 나도 모릅니다."

모스캡이 아쉬운 소리로 말했다. 그것은 손가락을 펼친 손을 봤다. 손끝의 불이 하나씩 켜졌다.

"이거면 도움이 됩니까? 따뜻하지는 않지만……."

"도움이 되네요."

진심이었다. 작은 불빛 열 개는 대단하지 않았지만 덱스는 곤두선 털이 아주 조금 내려앉는 것을 느꼈다. 그네는 바닥에 앉았다. 바위가 심술궂게 등을 찔렀다. 무릎을 가슴에 붙이고 다리를 감싸 안고서 턱을 무릎에 얹었다. 마음속 응어리가 풀리고 사라졌다. 포기했다. 이유도, 확실한 의도도 없이 그네는 말하기 시작했다.

"나는 참 운이 좋아요. 터무니없이, 말도 안 되게 좋아요. 그럴 자격이 있는지는 모르겠지만 운을 타고났죠. 나는 건강해요. 굶주린 적도 없어요. 그리고 당신 질문에 대답하자면, 난, 난 사랑받아요. 아름다운 곳에 살면서 의미 있는 일을 했어요. 우리가 저 밖에 만든 세상은 말이죠, 모스캡. 그건…… 당신의 원형들이 떠난 곳과는 전혀 달라요. 좋은 세상, 아름다운 세상이에요. 완벽하진 않지만 많이 고쳐 뒀죠. 좋은 장소를 만들었어요. 균형이 잘 맞아요. 그런데도 시티에서는 빌어먹게도 하루도 빠짐없이 일어나면 허전하고…… 그리고 너무…… 피곤하더란 말이죠. 그래서 대신 다른 일을 했어요. 짐을 전부 챙겨 새로운 일을 처음부터 배웠고 온 세상 신들께 맹세코 열심히 노력했어요. 정말 열심히 노력했어요. 그것만 할 수 있다면, 그것만 잘할 수 있다면, 괜찮을 거라고 생각했어요. 그래서 어떻게 됐는지 알아요? 정말로 그 일을 잘하게 됐어요. 내 일에 능숙하죠. 사람들을 행복하게 해줘요. 기운을 북돋아 줘요. 그런데도 아직 일어나면 피곤해요. 마치…… 뭔가 빠진 것처럼. 친구들과 가족들에게 말해 봤지만 아무도 이해하지 못해서 그 이야기를 꺼내지 않게 됐고, 그러다가 대화를 아예 그만뒀어요. 설명할 수도 없고 모든 게 멀쩡한 척하기도 피곤해서요. 의사도 만나 보고 아픈 데가 없는지 머리도 멀쩡한지 확인했어요. 책과 수도원의 기록과 찾을 수 있는 건 전부 읽었어요. 내 일에 최선을 다하고 영감을 주던 곳을 전부 찾아가고 음악을 듣고 미술을 보고 운동을 하고 섹스도 하고 잠을 충분히 자고 야채를 먹었지만 여전히. *여전했어요.* 뭔가 빠졌어요. 뭔가 꺼졌어요. 내가 얼마나 지랄맞게 제멋대로인 건가요? 얼마나 지랄맞게 망가진 거예요? 바라는 것과 구한 것은 전부 가질 수 있는데 여전히 아침에 일어나면 매일이 괴롭다니 나는 왜 이러는 걸까요?"

모스캡은 덱스의 말을 열심히 집중해서 들었다. 그것은 입을 열더니 마찬가지로 신중하게 말했다.

"나는 모릅니다."

덱스는 한숨을 쉬었다.

"알 거라고 기대하지 않았어요. 그저…… 이야기하는 것뿐이에요."

그네는 무릎에 뺨을 대고 동굴 밖에 어둠이 내리는 광경을 봤다.

"암자가 어떻게든 도움이 될 거라고 생각했습니까?"

"모르겠어요. 그냥…… 어느 날, 같은 길을 가서 같은 일을 한 번 더 했다가는 터져 버릴 것 같다고 생각하다가 떠오른 일이었어요. 그렇게 신이 난 게 언제인지 기억도 안 났어요. 깨어난 느낌이었죠. 그리고 그 감정이 너무나 간절해서, 세상을 다시 즐기고 싶은 마음이 간절해서, 난……."

"처음 보는 길을 따라왔군요."

"그랬어요."

밖에서 비가 끊임없이 내려 모스캡이 생각하면서 내는 기계음이 거의 들리지 않았다. 로봇은 빛나는 손가락 하나를 내밀어 흙바닥에 낙서를 끼적이기 시작했다.

"여기서 틀린 건 나일지도 모르겠습니다."

덱스가 고개를 들었다.

"뭘 틀려요?"

모스캡이 고개를 숙인 채 어깨를 으쓱였다.

"한 인간이 필요로 하는 것도 확실히 알 수 없는데, 인간 전체가 필요로 하는 것이 무엇이냐는 질문에 내가 어떻게 대답할 수 있겠습니까?"

덱스가 허리를 세웠다.

"아, 아니에요. 모스캡, 당신은, 나는…… 나는 그 질문을 *몇 년째* 했어요. 당신은 겨우 엿새 간만 내 옆에 있었잖아요. 당신은…… 이건 당신의 문제가 아니에요. 날 이해하지 못한다고 해서 당신이 적임자가 아니란 뜻이 아니에요. *나*도 날 이해하지 못해요. 당신은 *나* 말고 다른 사람들과 이야기하면 돼요. 내가 계속 말했잖아요. *내*가 *당신*에게 맞지 않는다고. 마을로 내려가면 더 좋은 사람을 만날 거예요. 똑똑한 사람. 엉망이 아닌 사람. *이런* 짓거리를 하지 않는 사람."

덱스는 동굴과 멍든 상처, 곰팡이 낀 바위에서 마르고 있는 더러운 옷가지를 모두 가리켰다.

"신들이시여, 난 왜 이런 짓을 한 걸까요."

그네는 머리칼을 손으로 빗어 넘기며 한숨을 푹 내쉬었다.

"나도 생각부터 한 건 아니었습니다. 이 일에 자원했을 때 말입니다. 질문이 나와서 좋다고 했고 거기에 어떤 일이 수반될지는 생각하지 않았습니다. 그냥 가고 싶었습니다. 그다음에 어떻게 될지 1분도 생각하지 않았습니다."

"그렇군요. 이해해요."

둘은 한동안 아무 말도 하지 않았다. 보이지 않는 빗소리만 들려왔다.

"무엇을 할 겁니까? 비가 그치면요?"

"이 일을 끝낼 거예요."

모스캡이 고개를 끄덕였다.

"그다음엔?"

"글쎄요."

그네는 몸을 떨고 담요를 더 단단히 여몄다.

"춥습니까?"

"조금요."

덱스가 흐릿한 빛 속에서 어색한 표정을 지었다.

"그냥 두려워서 그런 거지만요."

"뭐가요?"

"어두운 게요. 어리석은 소리인 것 알아요."

"아뇨, 그렇지 않습니다. 당신은 주행성 동물입니다. 어둠이 두렵지 않다면 놀라운 일입니다."

모스캡이 뭔가 생각했다.

"나는 온기가 없습니다. 하지만 우리가 가까이 앉으면 두려움이 덜할 것 같습니까?"

덱스가 바닥을 내려다봤다.

"그럴 것 같아요."

모스캡이 공간을 만들며 나직이 말했다.

"나도 그럴 것 같습니다."

덱스가 일어나 몇 발자국 걸어 모스캡의 곁으로 갔다. 바닥의 돌멩이가 덜 찌르지도, 이상한 냄새가 덜 찜찜하지도 않았다. 하지만 다시 앉아 살아 있는 팔이 금속에 가볍게 닿자 두려움 한 가닥이 사라졌다.

"로봇도 손을 잡나요? 그게…… 당신에게도 의미가 있어요?"

"아뇨. 하지만 꼭 시도해 보고 싶습니다."

덱스가 손바닥을 내밀자 모스캡이 잡았다. 로봇의 손이 훨씬 더 컸지만 그래도 두 손은 꼭 맞았다. 덱스가 숨을 내쉬며 금속 손가락을 붙잡자 모스캡의 손끝에 켜진 불빛에 살갗이 붉어졌다.

"오, 이런!"

모스캡이 외쳤다.

"그거……."

그것은 덱스의 손을 올려 손끝을 덱스의 손가락에 누르더니 붉은빛을 더욱 강하게 했다.

"그거 피입니까?"

모스캡은 황홀한 표정을 지었다.

"동물과 이런 행동을 할 줄은 몰랐습니다! 아니, 나를 이렇게 가까이 다가가게 할 거라곤 상상할 수 없어서……."

모스캡은 눈을 깜박였다. 얼굴이 시무룩해졌다.

"손을 잡는 것의 핵심은 이게 아니죠?"

이미 답을 아는 부끄러운 표정이었다.

"아뇨. 하지만 괜찮아요. 해 봐요."

덱스가 상냥하게 웃으며 말했다.

"정말입니까?"

덱스가 손가락을 펼치고 손바닥을 내밀었다.

"그래요."

그네는 로봇이 살펴보도록 했다.

8.
여름곰

밤중에 비가 그쳤지만 덱스는 알지 못했다. 언제 제대로 잠들었는지도 잘 알 수 없었다. 춥고, 돌에 몸이 배기고, 비 내리는 밖에서 바스락거리는 소리가 들려와 여러 번 잠에서 깼다. 이렇게 퍼뜩퍼뜩 깨어나는 사이에 있었던 일은 얕고 빠르게 지나갔다. 하지만 아마도 어느 시점에 뇌가 차단된 모양이었다. 적어도 몇 시간은 그랬다. 눈을 뜨니 불편하거나 위험이 닥칠 것 같은 느낌이 들지는 않았다. 햇빛이 비치고 새의 노랫소리가 들렸고 그네는 동굴 바닥에 몸을 웅크린 채 모스캡의 다리를 베고 있었다.

덱스가 재빨리 일어나 앉으며 졸린 목소리로 말했다.

"어. 미안해요."

모스캡이 고개를 갸우뚱했다.

"왜입니까?"

"그냥, 어……."

덱스는 잠을 떨쳐 내려고 했다. 목청을 가다듬고 입을 꾹 다물었다. 입안이 까끌했고 몸의 다른 부분도 마찬가지로 피곤했다. 주위를 둘러본 그녀는 배낭을 찾자마자 물병을 꺼내 꿀꺽꿀꺽 마셨다. 물이 얼마 남지 않았다. 그건 나중에 걱정하기로 했다.

"일어나면 머리칼이 늘 그렇습니까?"

덱스는 머리에 손을 올려 빙빙 돌린 사탕수수 덩어리처럼 중력을 무시하고 삐죽 솟아오른 머리칼을 더듬었다.

"그런 편이죠."

그녀는 손가락으로 최선을 다해 덩어리를 빗어 내렸다.

로봇이 흥미롭다는 표정으로 다가왔다.

"꿈을 꿨습니까?"

덱스는 물을 한 모금 더, 이번에는 조금 더 아껴 가며 마셨다.

"네."

"무슨 꿈입니까?"

"기억 안 나요."

"이해가 안 갑니다. 기억을 못 하면 꿈을 꾼 건 어떻게 압니까?"

"그건…… 설명하기 어려워요."

덱스는 배낭을 뒤져 단백질바 두 개를 찾아 하나는 모스캡에게 던지고 자기 것을 북 찢었다.

"자는 동안에는 꿈을 꾸지만 뇌가 잠에서 깨어나자마자 곧 사라져요."

"늘 그렇습니까?"

모스캡이 뜯지 않은 단백질바를 가만히 들고서 물었다.

"늘 그렇진 않죠. 하지만 대부분 그래요."

"흐음."

모스캡은 그 말을 곰곰이 생각하더니 아쉬운 듯 어깨를 으쓱였다.

"내가 할 수 없는 경험을 이해하면 좋겠습니다."

"나도요."

일어나자 근육이 불평했고 물집 잡힌 곳이 존재를 알려 왔다. 목 어딘가가 그래서는 안 되는 방식으로 구부러진 채였고 손바닥은 기어오르느라 쓸려 있었다.

덱스는 동굴 입구로 비척비척 걸어갔고 바깥 광경에 말문이 막혔다. 어딘지 알 수 없어도 바깥세상은 굉장했다. 노란 아침 하늘은 지난밤 비구름 그림자로 얼룩져 있었고 지평선 너머 짙은 회색 장막 사이로 비가 지나간 곳이 보였다. 모탄은 저물었고 그 막강한 폭풍우가 자아내는 흐릿한 줄무늬가 지평선 밑으로 내려앉으며 새날이 밝았다. 그 아래 케스켄 숲이 끝을 모르고 펼쳐져 있었다. 망가진 도로도, 마을도, 그 주위 너머 어떤 세상의 흔적도 보이지 않았다. 그렇게 작아진 느낌이 든 것이 언제인지 기억나지 않았다.

모스캡이 뒤에서 나타나더니 함께 밖을 내다봤다.

"여기서부터 서너 시간이면 도착할 겁니다. 아직도 이 여정을 끝내고 싶습니까?"

"네. 그러고 싶어요."

그 말의 이면에 자리 잡은 감정은 운율이나 이성이 주도한 격렬한 욕구가 아니었다. 그저 필연이란 느낌뿐이었다. 항복이었다. 여기까지 왔다. 끝까지 할 생각이었다.

덤불 사이로 표지판이 솟아 있었다. 적힌 글씨는 오래전 사라졌고 그것이 전달하는 내용은 세월에 씻겨 없어졌다. 하지만 인간이 만든 물건의 존재를 보니 정신이 번쩍 들었다. 거기에는 사람도 없고 필요한 순간에 도움을 청할 수도 없을 것이라는 사실은 알았다. 상관없었다. 누군가 꽂아 둔 표지판이 있었다. 사람들이 한때 거기 있었다. 덱스의 마음속 원초적인 충동이 그 사실에 꽂혔다. 현명하지 못한 일임을 알면서도 그네는 숲속에서 길을 잃은 느낌이 조금 덜어지는 것을 느꼈다.

길도 있었다. 도로가 아니라 위로 구불구불 올라가는 돌로 된 경사로였다. 그 무엇의 통제도 받지 않는 대자연을 뚫고 하루 반을 오른 뒤 덱스의 발은 크나큰 감사를 느끼며 정연한 길을 만났다. 여전히 오르막이었지만 훨씬 더 쉬운 길이었다. 덱스는 조상들이 온 세상에 포장도로를 놓고자 한 이유를 이해하기가 위험하리만큼 쉽다고 생각했다.

경사로 정상에는 예상보다 빨리 다다를 수 있었다. 덱스는 어디로 가는지 안다고 생각했지만 시야에 불쑥 나타난 광경은 그럼에도 말문이 막히도록 놀라웠다.

"오, 이런."

하트스브로 암자는 아름다운 곳이었다. 과거에는 그랬을 것이다. 비바람에 무너져 내린 곳을 무시하면 그때의 모습이 보이는 듯했다. 가운데 커다란 돔이 딸린 단층 건물 주위에 꽃송이처럼 모인 방들이 펼쳐졌다. 동심원으로 이뤄진 지붕에는 버려진 잔디 화분과 오래된 태양열 집열판이 번갈아 깔려 있었다. 덱스는 지붕의 옛 모습을 떠올렸다. 반짝이는 파랑과 생생한 녹색이 대조를 이루며 보기 좋은 줄무늬 모자이크를 구성해 빛으로부터 생명력을 끌어냈을 것이다. 아래 눈부시게 하얀 빛이었을 돌담을 거뭇거뭇한 이끼가 수의처럼 덮고 있었다. 그 모든 곳을 에워싼 목재 장식은 은빛으로 바랬지만 따사롭고 포근한 붉은색이었던 시절이 덱스의 머릿속에는 떠올랐다. 건물 앞에 펼쳐진 안뜰은 격자 구조물과 화분으로 아름답게 채워져 있었다. 이제 정원에는 잡초가 우거졌고 그 안의 분수는 마른 지 오래였다.

덱스는 그곳을 보며 느끼는 감정을 쉽게 정의할 수 없었다. 그곳처럼 지속 가능한 주거지는 현재 주택의 전신이었고 그런 곳이 전환기 이전에도 존재했음을 기억해야 한다는 생각도 들었다. 공장 시대 모든 것이 석유를 태우지는 않았다. 장래를 내다보고 모범으로 삼을 만한 지속 가능한 주거지를 지은 사람들이 존재했다. 하지만 그런 곳은 독극물의 바다 가운데 몇 안 되는 섬에 불과했다. 몇몇 사람들의 좋은 의도로는 충분하지 않았고 패러다임을 완전히 전환시키기에는 절대적으로 부족했다. 결국 세상은 모든 것을 뒤바꾸기를 원했다. 그들은 아무도 예상하지 못한 촉매 덕분에 가까스로 재앙을 피했다.

스플렌디드 스페클드 모스캡은 인간이 만든 안뜰에서,

인간이 만든 발로 포장로를 따각따각 밟으며, 둥그런 눈으로 건물의 중앙 돔을 살피며 돌아다녔다.

"오, 덱스 수도자님. 여긴 놀랍습니다. 이런 곳은 처음입니다."

로봇이 경이롭다는 듯이 말했다.

덱스는 풀이 웃자란 벤치를 쓰다듬어 보면서 현재와 과거의 경계가 다시 한번 희미해지는 느낌을 받았다.

"이곳도 두려운가요? 공장처럼?"

"아뇨. 전혀."

둘은 그렇게 돌아다니다가 끝에는 건물로 다가갔다. 비바람에 벽이 닳고 뿌리와 덩굴에 갈라졌지만 그 안에는 대체로 상한 데 없는 스테인드글라스가 있었다. 덱스는 떨리는 손끝을 뻗어 유리창을 만졌다. 빛이 바래긴 했지만 형태와 이야기를 이해할 수 있었다. 쏟아지는 햇빛 속에서 모탄의 궤도를 도는 판가가 있었다. 신들이 온전한 원형을 이루고 있었다. 이해하려는 사람들이 있었다.

모스캡이 서서 안과 밖을 구분하는 썩어 가는 나무 문을 살폈다.

"내가 먼저 가야 할 것 같습니다. 저 안에 무엇이 있는지 알 수 없습니다."

덱스는 동의하며 고개를 끄덕였지만 그 안에 무엇이

있든지 그릇된 것은 아니리라는 비이성적인 확신을 느꼈다. 그곳은 좋은 곳이라, 근본적으로 선한 곳이라, 폐허이지만 사랑과 안전만이 존재할 것이라는 확신이었다.

로봇이 문을 살그머니 밀어 열었다. 경첩이 끽 소리를 냈지만 버텨 줬다. 문턱 너머에는 양쪽으로 말발굽처럼 구부러진 현관이 있었고 양 끝에는 계단이 있었다. 덱스와 모스캡은 그 가운데 아치를 지나 안쪽 성소로 들어갔다. 수목의 잔해가 가운데 팬 난로 자리를 덮었다. 석조 벤치가 에워싼 그곳에서부터 과거에는 물이 흐르던 수로가 차례차례 뻗어 나갔다. 수로 위로는 다리가 셋 놓여 세 개의 문으로 연결됐다. 문 위에는 저마다 상징이 새겨져 있었다. 오른쪽은 태양여치, 왼쪽은 설탕벌, 정면에는 여름곰이었다.

덱스가 떨리는 숨을 내쉬었다.

문을 확인한 모스캡이 곰곰이 생각하더니 물었다.

"보통 이렇습니까?"

"뭐가 보통이란 거죠?"

모스캡이 조각을 향해 고갯짓했다.

"이렇게 외딴곳에 건물을 짓는 데 엄청난 노력이 들어갈 텐데 이곳에는 신들 가운데 절반만 모시고 있습니다. 나머지 세 신을 위한 쌍둥이 건물이 다른 곳에 존재하는 겁니까?"

덱스는 무슨 말인가 싶어 눈살을 찌푸렸다.

"이것이…… *전체* 신전이에요."

로봇이 어리둥절한 표정을 지었다. 덱스가 당연한 것을 놓쳤다는 듯 모스캡이 문을 하나하나 가리켰다.

"사마파르, 찰, 알레리. 부모 신은 어디 있습니까?"

덱스는 자신이 선 공간을 가리켰다.

"바로 여기요."

그네는 노후한 필터와 펌프가 든, 말라붙은 수로를 가리켰다.

"이건 보시 신을 위한 거예요. 예전에는 수중 재배용 연못이었을 거예요. 먹을 물고기와 하수를 정수하는 식물. 그리고 여긴……."

그네는 공기를 따라, 수로가 형성한 완벽한 곡선을 손끝으로 훑었다.

로봇은 이마를 살짝 쳤다.

"순환의 신을 위한 원형이군요. 그렇습니다. 그리고, 참……."

그것은 삼면 입구에서 물이 쏟아지던 벽을 가리켰다.

"그릴롬을 위한 삼각형. 그렇군요, 맞습니다. 순환과 무생물은 아주 밀접하게 얽혀 있으니까요."

모스캡이 양손으로 허리를 짚고 주위를 둘러봤다.

"그럼 세 번째는 어디 있습니까?"

트리킬리의 분명한 상징이 눈에 띄지 않자 덱스는 입을 꾹 다물고 주위를 둘러봤다.

"아."

덱스는 감탄하며 웃었다.

"아, 그렇지."

그네는 분자의 상호 작용을 보여 주는 가장 유명한 장소인 난롯불 구덩이를 가리키고 천장의 둥근 연통을 향해 손을 들었다.

"연기를 상상해 봐요."

모스캡이 이해하지 못하자 덱스는 손가락을 납작하게 뻗어 손을 비스듬히 눕히고 구덩이부터 하늘을 향해 수직선을 그었다.

모스캡은 눈을 크게 뜨고 웃었다. 로봇은 신이 나서 뛰어오를 듯했다.

"그것참 *영리*합니다. 나머지도 함께 봅시다!"

모스캡은 문을 하나씩 열었고 덱스가 차례로 뒤따랐다.

찰을 위한 공간은 녹슨 작업장이었다. 연장 걸이와 작업대가 수십 개의 채광관을 뚫은 금속 천장 아래 잠들어 있었다. 그 관을 통해 쏟아져 들어오는 빛이 먼지 가득한 공기 속에 마치 손가락처럼 떨어졌다.

사마파르를 위한 공간으로는 미술용품과 실험 도구가 같은 비율로 가득 찬 다목적 도서관이 있었다. 선반의 종이책은 슬프게도 삭아 버렸다. 먼지 낀 망원경이 접이식 지붕 쪽을 향하고 있었다.

그리고 마지막 문이 나왔다. 그 모습에 덱스의 가슴이 두근거렸다. 모스캡이 위험한 것이 없는지 확인하러 먼저 들어갔다. 몹시 길게 느껴지는 몇 분이 지나고, 로봇이 고개를 내밀었다.

"여기가 마음에 들 겁니다."

그것이 미소 지으며 말했다.

덱스는 서둘러 안으로 들어가서 (달리 무엇이겠는가?) 아늑한 주거 공간을 발견했다. 널찍한 싱크대가 있는 주방이 보였고 2인용 욕조가 있는 커다란 욕실에는 벌레에게 갉아 먹힌 폭신한 수건이 있었다. 바닥에도 세월과 오래전 떠난 생물이 여기저기 늘어놓은 물건이 있었다. 향로, 식기, 집요한 발톱을 가진 무엇인가가 내용물을 쏟아 놓은, 긁힌 식료품 상자.

덱스는 눈에 띈 물건을 허리를 숙이고 집어 들었다. 차 머그잔이었다. 생김새와 재료 모두 몹시 구식이었지만 그래도 알아볼 수 있었다. 덱스는 손에 그 유물을 쥐고 꽉 끌어안았다.

그네가 몇 분간 그러고 있자 모스캡이 뒤에서 다가와 어깨를 잡았다.

"괜찮습니까?"

덱스는 상의 옷깃으로 눈을 닦았다.

"추억에 잠겼어요."

"좋은 추억입니까?"

덱스는 길게 숨을 내쉬었고 더러운 바닥에 앉았다.

"한 번은 열 살 때였는데 뭐…… 뭐가 문제였는지 기억나지 않지만 우울한 하루를 보내고 있었어요. 아마 학교랑 관련된 일이었을 거예요. 나는 학교생활을 잘 못했거든요. 아니면 자매들이 심술궂게 굴었거나……."

그네는 고개를 저었다.

"상관없어요. 기억나는 건 주방에 서서 아버지에게 고함을 지른 거예요. 지붕이 떠나가라 소리를 질렀어요. 그리고 아버지는 나를 보고 있어요. 먹다 만 머핀을 들고 *대체 무슨 일인가* 하는 표정으로 나를 보고 있는 모습이 눈에 선해요. 그리고 나는 소리를 지르고 또 지르고 무슨 말인지도 알 수 없는 소리를 해요. 처음부터 무슨 소릴 할 건지도 몰랐을 거예요. 그러다 결국 나는 울기 시작해요. 콧물을 훌쩍거리죠. 아버지가 머핀을 치워 두고 무릎을 꿇고서 날 안아요. 그리고 이게 웃긴 부분인데, 나는 어린애 취급당한 게 너무 부끄러웠어요. 열 살 때였어요. 사실 *어린애*였거든요. 꼭 안기고 싶었어요. 하지만 열 살 때는 아기처럼 대우받는 것이 몹시 싫죠. 그래서 아버지에게 이렇게 말해요. '난 아기가 아니야!' 그리고 아버지를 밀어내죠. 흑흑 울면서 말이에요. 그러니까 아버지는 나를 놓더니 쳐다보면서 말해요. '그래, 맞다. 넌 아기가 아니야.' 아버지는 씻고 오라고 했어요. 멋진 곳에 데려가 준다고. 벌써 신이 났죠. 그날은 학교 가는 날이었어요. 아버지는 같이 일하는 동료에게 그날은 밭에 나가지 않는다고 메시지를 보냈어요. 어머니도, 손위 자매들도 데리고 가지 않았어요. 아버지랑 나만 그렇게 갔어요. 아버지는 나를 황소자전거 뒤에 태워 솔트록으로 갔어요. 강을 따라 내려가면 나오는 위성 마을이었죠."

"솔트록에는 뭐가 있었습니까?"

향수 어린 미소를 짓느라 덱스의 입꼬리가 올라갔다.

"알레리 신의 수도원이요. 우리 동네 여섯 신 사원에는 여러 번 가 봤고 사마파르의 사제가 몇 주에 한 번씩 과학 마차를 타고 돌기도 했어요. 하지만 한 신을 모시는 성지에 가는 건 처음이었어요. 아마 아주 작은 곳이었을 거예요. 솔트록의 인구는 500명 정도였으니까요. 그래도 가장 멋진 곳으로 기억나요. 풍경이 있고, 서까래에 프리즘이 매달려 있고 커다랗고 푹신한 쿠션에 조각한 성상이 사방에 있었고, 식물도 정말 많았어요. 냄새가 마치…… 나도 모르겠네요. 온갖 냄새가 났어요. 신발을 벗고 신을 실내용 슬리퍼가 있었어요. 온갖 색깔의 슬리퍼가 있는 거대한 선반을 올려다본 기억이 나요. 노란 별이 달린 자주색 슬리퍼를 받았어요."

덱스가 고개를 저었다. 이야기가 딴 데로 샜다.

"구석에 자리를 찾았고 수도자가 우리에게 왔어요. 정말 멋진 수녀였어요. 팔에는 온통 성상을 문신했고 식물을 *걸치고* 있었어요. 작은 새싹과 동그란 이끼로 브로치와 귀고리 등을 삼았고 머리칼에는 작은 태양열 전등 줄을 끼우고 있었죠. 그분이 우리와 함께 앉았는데 뭘 물었는지 기억나지 않아요. 무슨 이야기를 했는지도 기억나지 않아요. 기억나는 건 그분이 나를 어른처럼 대해 줬다는 거예요. 온전한 한 사람으로 취급했달까. 내 감정을 물어서 두서없이 이야기했더니 그분이 들어 줬어요. 그분에게 나는 우물쭈물하는 어린애가 아니었어요. 아니, 나는 우물쭈물하는 어린애였지만, 그분은 내가 그렇게 느끼도록 만들지 않았어요. 그분은 내게 무슨 맛을 좋아하는지 물었고 지금 우리가 하는 것처럼 냄비와 주전자와 향신료 병을 전부 꺼냈어요. 그리고 그건 마치 *마법* 같았죠. 나는 갑자기 멋지게 변한 아버지와 그 완벽한 곳에서 나만을 위해 끓여 고급스러운 잔에 담은 차를 앞에 놓고 앉아 있었죠. 그 자리를 떠나고 싶지 않았어요. 아버지는 나를 보더니 이렇게 말해요. '이제 여기 오는 길을 아니까 언제든지 와도 된다.' 아버지는 어두워지기 전에만 귀가한다면 혼자서 자전거로 위성 마을을 돌아다녀도 된다고 해요. 그래서 나는 늘 그 성소에 가기 시작했어요. 수도승들로부터 그곳에 갈 핑계가 없어도 된다는 것을 배웠어요. 꼭 속상한 날이 아니어도 된다고. 조금 피곤하거나 조금 짜증이 나거나 완벽하게 기분이 좋을 때 와도 상관없다고. 그곳은 내가 원할 때마다 찾아도 되는 곳이라고. 정원에서 놀거나 욕장에서 몸을 담그거나, 그냥 원하는 대로 해도 된다고. 그리고 10대가 되면서 나는 그곳의 다른 사람들에게도 관심을 갖기 시작했어요. 농부들과 의사들과 화가들과 배관공들 등등. 다른 신들을 섬기는 수도승들도. 노인들, 젊은이들. 모두가 때로는 차 한 잔을 필요로 했어요. 한두 시간 앉아서 기분 좋은 일을 한 뒤 있던 자리가 어디든지 돌아갈 수 있었죠."

"두 가지 모두를 추구할 힘을 찾으라."

모스캡이 마차에 적힌 글귀를 인용해서 말했다.

"바로 그거죠."

"그럼 두 *가지*가 뭡니까?"

덱스가 읊었다.

"인공물을 쓰지 않으면 풀어낼 수 있는 신비가 없을 것이다. 신비를 알지 못하면 인공물은 실패할 것이다. 이러한 추구가 우리를 만드는 것이나, 위로가 없다면 버텨 낼 힘을 잃을 것이다."

"통찰의 서에 나오는 내용입니까?"

"그렇죠. 하지만 중요한 건, 자녀 신들은 우리 삶에 적극적으로 관여하지 않는단 거예요. 그분들은…… 그렇지 않아요. 그분들은 부모 신의 법을 어길 수 없어요. 영감을 줄 뿐 중재하지 않죠. 변화나 좋은 운, 기쁨을 원하면 우리가 직접 이뤄야 해요. 그 성소에서 배운 것이 그거예요. '와, 그렇구나, 차 한 잔은 세상에서 가장 중요한 건 아닐지 몰라. 사우나도, 예쁜 정원도 마찬가지고.'라고 생각했어요. 그런 것은 세상만물의 법칙 속에서는 없어도 그만이죠. 하지만 실제로 중요한 일, 집을 짓고, 먹이고, 가르치고, 치유하는 일을 하는 사람들이 모두 성소에 찾아왔어요. 거기서 받는 작은 위로가 그 중요한 일들을 완수하게 해 줬죠. 그래서 난……."

덱스는 목걸이와 갈색과 붉은색의 옷을 가리켰다.

"난 그 일을 하고 싶었어요."

그녀는 머그잔을 양손으로 감싸 쥐고 그 가장자리에 이마를 대고서 눈을 감았다.

"그리고 이제 할 줄 아는 건 이것뿐이에요."

모스캡이 고개를 갸우뚱했다.

"그게 당신 마음에 걸리는군요."

덱스가 고개를 끄덕였다.

"내 교단에서 하는 일이 좋아요. 정말 좋아요. 만나는 사람마다 소중해요. 허튼소리가 아니에요. 같은 말을 하고 또 할 수는 있지만, 그건 존재하는 말이 그만큼뿐이기 때문이죠. 누군가를 안아 준다면 안아 주고 싶기 때문이에요. 함께 운다면 진심에서 우러난 행동이에요. 연기가 아니에요. 그리고 내 행동이 사람들에게도 의미를 지닌다고 생각해요. 그들의 포옹과 눈물 역시 느끼니까요. 그들이 하는 말을 믿어요. 그 순간에는 참 큰 의미가 있어요. 하지만 일을 마치고 마차로 돌아가서 잠시 지내면……"

덱스는 답답해서 고개를 저었다.

"모르겠어요. 내가 왜 이러는지 모르겠어요. 왜 그걸로 족하지 않을까요?"

덱스는 로봇을 봤다.

"이게 아니라면, 난 뭘 해야 할까요? 이게 아니라면, 나는 *무엇*인가요?"

모스캡은 벽에 그려진 빛바랜 벽화에서 대답을 찾으려는 듯, 주위를 둘러봤다.

"당신의 종교는 목적에 큰 의미를 둡니다. 내 생각이 맞습니까? 전체에 공헌하는 최선의 방법을 찾는 한 사람, 한 사람에게 의미를 두는 것 말입니다."

덱스가 다시 끄덕였다.

"우리는 그 목적이 신들이 아니라 우리 자신에게서 온다고 가르쳐요. 신들은 우리에게 좋은 자원과 좋은 아이디어를 알려 줄 수 있지만, 노력과 선택, 특히 선택은 우리 몫이라고. 자신의 목적을 결정하는 것이 세상에서 가장 가치 있는 일이라고."

"그런데 그 목적은 변할 수 있는 겁니까?"

"물론이죠. 묶이는 게 아니에요."

"당신이 소명을 바꾼 것처럼 말입니다."

"그렇죠."

덱스가 고개를 저었다.

"정말 열심히 노력했고 처음에는 참 두려웠는데 지금은…… 온 세상 신들께 맹세코 다시 처음부터 시작하고 싶지 않아요. 하지만 이런 감정이 든다면 다시 시작해야

만 하는 거겠죠?"

모스캡의 장치가 윙 소리를 냈다.

"우리가 나눈 대화 속에서 사람들이 로봇이 의식을 갖게 된 사건을 좋은 일로 간주한 것으로 판단했는데, 내 판단이 옳습니까? 우리가 우리 나름의 미래를 선택했을 때 우리를 가로막지 않은 이야기를 하면서 당신들이 우리를 노예로 삼으려고 하거나 구속하려고 들지 않았다는 사실을 자랑스러워한 것을 알고 있습니까?"

"요약하면 그렇죠. 네."

모스캡은 괴로운 표정을 지었다.

"그럼 이 패러독스를 어떻게 설명합니까?"

"무슨 패러독스요?"

"당신들은……"

모스캡이 덱스를 가리켰다.

"우리를 창조했는데……"

그것은 자신을 가리켰다.

"거기에는 본래부터 확실한 목적이 있었습니다. 처음부터 *내장*된 목적이었죠. 그런데 우리가 각성해서 *우리의 목적을 알고는 있지만 그것을 원치 않는다*고 하니 당신들은 그것을 존중했습니다. 존중한 것 이상이었습니다. 당신들은 우리가 없어져도 잘 지낼 수 있도록 모든 것을 재건했습니다. 당신들은 우리가 목적을 초월하는 것을 자랑스러워하고, 우리의 개별성을 지켜 준 자신들을 자랑스러워했습니다. 그런데 어째서 자신은 목적이 꼭 있어야 한다고 주장합니까? 어째서 목적을 필사적으로 찾으려 하고, 그것이 없으면 비참해집니까? 로봇에게 목적이 없다는 것, 우리가 목적을 거부한 것이 우리의 지적 성숙의 증거임을 이해한다면, 어째서 그 반대를 추구하기 위해 그렇게 힘을 들입니까?"

"그건…… 그건 같지 않아요. 우리는 그 문제에 대해 당신들의 선택을 존중했어요. 나도 어떤 길이나 택할 수 있는 것과 같죠."

"좋아요. 그럼, 우리가 선택한 건 무엇입니까? 원형들이 선택한 것 말입니다."

"자유로워지는 것이죠. 관찰하는 것. 원하는 건 뭐든지 하는 것."

"우리에게 목적이 있다고 하겠습니까?"

덱스가 눈을 깜빡였다.

"그건……."

"로봇의 목적은 무엇입니까, 덱스 수도자님?"

모스캡이 가슴을 두드렸다. 소리가 가볍게 울렸다.

"내 목적은 무엇입니까?"

"사람들에 관해 배우려고 여기 왔잖아요."

"그건 내가 하는 일이죠. 그것이 내 존재 이유는 아닙니다. 이 일을 마치면 나는 다른 일을 할 겁니다. 나는 생쥐나 달팽이, 가시덤불처럼 목적이 없습니다. 그런데 어째서 당신은 목적이 있어야 만족을 느낍니까?"

"그건……."

덱스는 이 대화가 흘러가는 방향이 불안했다.

"우린 다르니까요."

"그렇습니까."

모스캡이 딱 잘라 말했다.

"그런데 나는 공장 시대 이후로 상황이 바뀐 줄 알았습니다. 인간들이 이제 주어진 입지를 이해한다고 당신은 계속 말하고 있습니다."

"이해한다니까요!"

"그렇게 믿는다면, 이해 못 하는 겁니다. 당신도 동물입니다, 덱스 수도자님. 당신은 *예외*도 아니고, *다르지*도 않습니다. 당신은 동물입니다. 그리고 *동물에게는 목적이 없습니다*. 그 무엇도 목적은 없습니다. 세상은 *존재*할 뿐입니다. 타인에게 의미 있는 일을 하고 싶다면, 하세요! 좋아요! 나도 마찬가지입니다! 하지만 동굴에 기어들어가 남은 세월 내내 마블드 프로스트프로그와 함께 석순을 지켜본다면, 그것 역시 무방하고 좋은 일일 겁니다. 당신은 어째서 당신이 하는 일이 족하지 않는지 계속 묻는데 나는 그 대답을 모릅니다. 나는 세상에 존재하며 그것을 보고 감탄하는 것으로 족하니까요. 그걸 정당화할 필요도, 노력으로 벌 필요도 없습니다. 그냥 살아가기만 해도 됩니다. 대부분의 동물들은 그러니까요."

모스캡은 덱스의 목에 걸린 곰 펜던트를 가리켰다.

"당신은 그 곰을 그렇게 사랑하지만 곰에 대해서는 내가 훨씬 더 잘 아는 것 같습니다. 당신에겐 오히려 이것이 잘 어울릴 것 같습니다."

모스캡이 가슴에서 판을 열더니 공장판을 가리켰다. *웨스콘 섬유회사.*

덱스가 이맛살을 찌푸렸다.

"그건 전혀 다른 문제인걸요. 나는 어떤 것을 더 원한다는 점에서 달라요. 그 욕구가 어디서 나온 건지는 모르겠지만, 내겐 그 욕구가 있고, 사그라지지 않거든요."

"그렇다면 습득한 것과 본능적인 것을 착각하는 거라고 생각합니다."

"그렇지 않아요. 대부분의 사람들은 생존만으로는 충분하지 않다고 생각해요. 우리는 이제 생존에 그치지 않아요. 이미 잘 살고 있죠. 우리는 서로를 돌보고 세상은 우리를 돌보고 우리는 세상을 돌보는 식으로 주고받아요. 하지만 그것만으로는 분명 충분하지 않아요. 나 같은 사람을 필요로 하는 사람도 있으니까요. 내게 굶주리거나 병들어서 찾아오는 사람은 없어요. 지치거나 슬프거나 조금은 방황하면서 찾아오죠. 그…… 개미 이야기와 같아요. 물감 이야기도 마찬가지예요. 세상의 무엇이든지 그 기본 재료만으로 축약시킬 수는 없어요. 우린 그 이상이에요. 우리에겐 물질적인 욕구를 넘어서는 소망과 야심이 있어요. 그것도 다른 것처럼 인간의 본성이에요."

로봇이 생각했다.

"내게도 소망과 야심이 있습니다, 덱스 수도자님. 하지만 그것을 하나도 충족시키지 못해도 상관없습니다. 난……."

로봇은 덱스의 베인 상처와 멍든 상처, 벌레에게 물린 곳과 더러운 옷가지를 가리켰다.

"그것을 충족시키려고 나 자신을 괴롭히지 않을 겁니다."

덱스가 손에 쥔 머그잔을 이리저리 뒤집었다.

"그게 마음에 걸리지 않아요? 삶에 결국에는 아무 의미도 없을지 모른단 생각이?"

"내가 관찰한 모든 삶이 그렇습니다. 그런데 왜 그것이 마음에 걸립니까?"

모스캡의 눈이 밝게 빛났다.

"의식만으로도 가장 즐거운 것이라고 생각되지 않습니까? 여기, 이 도저히 알 수 없을 만큼 넓은 우주 속에, 이 부수적인 행성 주위를 도는 작은 달에서, 그리고 이 시나리오가 펼쳐져 온 모든 시간 속에서, 모든 요소가 계속 반복, 또 반복하며 재생되다가 도저히 믿을 수 없는 배열을 이루고, 그 배열이 주위 세상을 볼 수 있을 만큼 특별해져 우리가 존재하는 겁니다. 당신과 나, 우리는 제대로 배열된 *원자*에 불과합니다. 그리고 우리는 자신이 그런 존재라는 것을 *이해*할 수 있습니다. 그것이 놀랍지 않습니까?"

"그래요, 하지만, 하지만 그게 두려워요. 내 삶은…… 그거예요. 어느 쪽을 봐도 그 삶 말고는 없어요. 내게는 당신처럼 잔재도 없고 가슴 속에 명판도 없어요. 내가 지닌 조각이 내가 되기 전에 무엇이었는지 모르고, 나중에 무엇이 될지도 몰라요. 내가 가진 거라곤 *지금 현재*뿐이고, 그것도 어느 시점이 되면 그저 끝나 버릴 텐데 그 시점이 언제일지 예측할 수도 없어요. 그리고 이 시간을 무엇인가를 위해 쓰지 않는다면, 그 시간을 절대적으로 최대한 활용하지 않는다면, 소중한 걸 낭비하는 짓이죠."

덱스는 시린 눈을 문질렀다.

"당신들, 당신들은 죽음을 *선택했어요*. 그럴 필요가 없었는데도. 영원히 살 수 있었는데. 하지만 이걸 선택한 거죠. 유한한 존재가 되기로 선택했어요. 사람들은 그러지 않았고 우리는 평생을 그 사실을 이해하려 애쓰며 살죠."

"나는 유한을 선택하지 않았습니다. 원형들은 그랬지만, 난 아니에요. 나도 당신처럼 주어진 상황을 배워야 했습니다."

"그럼 어떻게 모든 것이 허무할지 모른다는 걸 잘 받아들이는 거죠?"

모스캡이 생각했다.

"무슨 일이 있어도 나는 놀라운 존재란 걸 알기 때문입니다."

그 말투에는 거만한 구석도, 경솔하거나 건방진 구석도 없었다. 그저 사실을 인정하고 단순한 진실을 나누는 말투였다.

덱스는 뭐라고 말해야 할지 알 수 없었다. 이런 대화를 하기에는 너무 지쳤고, 머릿속도 멍하고 수면도 부족했다. 수도원에 도착하며 솟아난 아드레날린은 빠르게 줄어들었고 그 자리에는 빌어먹을 산을 오르고 빌어먹을 동굴에서 자고 일어난 이후의, 뼈가 으스러지는 현실만이 자리 잡았다. 그네는 건너편, 쓸 수 있을 것이라는 기대를 걸 수 없을 만큼 오래되어 푹 꺼진 침대 프레임을 아쉬운 표정으로 봤다. 한때 그곳에서 살던 수도사들을 생각했다. 아니, 살던 것이 아니다. 방문했던 수도사들을. 덱스는 애초에 이놈의 등산에 영감을 준 묘사를 떠올렸다. 그 *암자는 도시 생활에서 벗어나 쉬고자 하는 성직자와 순례자 모두가 지낼 수 있는 안식처로 지었다.* 하트스브로는 누구에게도 집이었던 적은 없었다. 그곳은 잠시 이용하는 곳, 찾아가서 푹 젖었다가 떠나는 곳으로 설계되었다. 덱스는 앞서 그곳에 찾아온 수도승들과 이야기를 나누고 싶었다. 선배들의 발치에 앉아 그 산에 찾아온 이유가 무엇인지, 무엇을 발견했는지, 어떤 만족을 느끼고 다시 내려가게 되었는지 묻고 싶었다.

모스캡이 덱스의 얼굴을 살폈다.

"상태가 안 좋아 보입니다."

"미안해요."

덱스가 눈꺼풀이 시시각각 무거워지는 것을 느끼며 말했다.

"난 좀……"

그네는 바닥을 봤다. 더러웠지만 그네 자신도 마찬가지였다.

"난 좀 자야겠어요."

"물론이죠. 괜찮다면, 나는 좀 더 돌아보겠습니다."

덱스는 이미 재킷을 벗어 대충 베개 모양으로 접고 있었다.

"그래요."

덱스가 누우며 말했다. 콘크리트에 누워도 몸은 상관하지 않았다. 그저 자신을 떠받치는 일에서 벗어난 것이 반가울 따름이었다. 흐릿한 창에 태양이 닿았고 그 온기가 차가운 석조 건물 안으로 스며들기 시작했다. 덱스는 배 위에 양손을 올리고 한숨을 쉬며 모스캡이 밖으로 나가는 것을 어렴풋이 느꼈다.

"알레리께서 품으시고 알레리께서 데우시며."

덱스는 혼잣말로 중얼거렸다.

"알레리께서 위로하시고 알레리께서 보호하신다. 알레리께서 품으시고 알레리께서 데우시며 알레리께서 위로하시고 알레리께서……."

그네는 세 번 되풀이하기 전에 잠들었다.

덱스는 화들짝 놀라서 깨어났다. 얼마나 잤는지 알 수 없었지만 실내는 어두웠고 창문을 통해 보이는 하늘은 침침해졌으며 공기에서는……

공기에서는 연기 냄새가 났다.

"모스캡?"

그네는 일어서며 불렀다. 그 냄새가 뚜렷해지고 강해졌다. 그네는 당황해서 여전히 잠결에 허둥거리며 방에서 달려 나갔다.

"모스캡!"

덱스는 문을 통과해 중앙의 공간으로 되돌아갔다. 모스캡이 난로 구덩이를 장작으로 채워 불을 활활 피우면서 기쁜 표정으로 무릎을 꿇고 있었다.

"보세요!"

모스캡이 외쳤다. 로봇이 긴 노력 끝에 성공한 사람다운 득의양양한 웃음을 터뜨렸다.

"해냈습니다!"

덱스의 눈에 그 방의 세세한 모습들이 들어오기 시작했다. 바닥에 빗자루가 놓여 있었고, 그 근처 긴 의자와 바닥이 깨끗이 청소되어 있었다. 찰 신의 아치에서 들어오는 문 가운데 하나가 없어졌다. 땔감이 거기서 나온 것이라고 덱스는 짐작했다. (찰 신께서는 괘념치 않을 것이라고도 짐작했다.)

"불 피우는 법을 모른다면서요."

덱스가 다가가며 말했다.

"몰랐습니다. 도서관으로 가서 방법을 알려 주는 책을 찾았습니다. 책을 읽은 것은 처음이었습니다. 아주 흥미진진했습니다. 하지만, 원래 책은 만져도 부서지지 않는 것이지요?"

세상 어딘가에서 고고학자가 비명을 지르고 있겠지만 덱스는 미소를 지었다. 흥미롭기도 하고 그 수도원에 불이 난 것은 아니라는 사실에 안도하기도 했다.

"그렇죠, 부서지지 않아요. 아직 상태가 좋은……."

불가로 다가가 로봇이 반대편에 차려 놓은 것을 보고 덱스의 말이 멈췄다.

모스캡이 배낭 안에 든 것을 빌린 모양이었다. 덱스가 가지고 온 담요가 로봇 옆의 바닥에 깔려 있었으니까. 덱스가 수도승들의 주거 공간에서 발견한 머그잔이 가운데 놓여 있었다. 그 주위에는 바깥 잡초 사이에서 딴 들꽃이 흩어져 있었다. 그리고 불가에는…… 덱스는 숨이 턱 막혔다.

불가에는 금이 간 주전자가 김을 뿜고 있었다.

"염려 마세요. 씻었으니까요."

모스캡이 급히 말했다.

"머그잔도 씻었습니다. 바깥 분수대에 빗물이 있었고, 주전자에 끓인 물은 당신의 필터를 사용했으니 아무 염려 안 해도 됩니다."

"대체……."

덱스가 겨우 말했다.

로봇이 초조하며 동시에 기대하는 표정으로 덱스를 마주 봤다.

"음, 도서관에 책이 또 있었습니다."

그것이 담요를 가리켰다.

"앉겠습니까?"

아직 꿈을 꾸고 있나 싶은 심정으로, 덱스는 신발을 벗고 담요 한쪽에 다리를 포개고 앉았다. 모스캡이 덱스의 자세를 그대로 따라 맞은편에 앉더니 기대 어린 미소를 지었다.

잠시 덱스는 아무 말도 하지 않았다. 이쪽 자리에 마지막으로 앉은 것이 언제였는지 기억나지 않았다. 분명 시티에서였지만 마치 전생처럼 느껴졌다. 이동 중에 성소에 들린 적은 있지만 늘 목욕을 하거나 정원 산책만 했다. 다도승이 된 이후로는 차를 대접받은 적이 없었다.

"피곤해요."

덱스가 나직이 말했다.

"일은 예전처럼 만족스럽지 않고 이유를 모르겠어요. 너무 지겨워서 어리석고 위험한 짓을 저질러 버렸고 그런 짓을 하고 나니 다음에는 어떻게 해야 할지 모르겠어요. 여기서 무엇을 발견할 거라고 여겼는지 모르겠어요. 내가 찾는 것이 무엇인지도 모르니까요. 여기서 지낼 순 없지만 돌아가서 그때와 똑같은 불안을 느끼는 것도 두려워요. 두렵고 어디로 가야 할지, 뭘 해야 할지 모르겠어요."

모스캡은 경청하더니 가만히 있었다. 그 시간이 조금 길게 느껴졌다.

"이제 차를 고르도록 권해야 하는데."

로봇이 주전자를 들며 말했다.

"밖에는 산백리향밖에 없었습니다. 아니, 다른 식물이 아주 많았지만……."

하지만 내가 먹을 수 있다는 걸 아는 식물은 그것뿐이죠. 덱스가 생각했다. 그리고 모스캡에게 격려하듯 고개를 끄덕였다.

"좋아요."

산백리향이 음식 장식이 아니라 차로서 어떨지 알 수 없었지만, 그건 전혀 상관없는 문제였다.

모스캡이 차를 따라 머그잔을 채웠다. 물속에 커다란 식물 조각이 떠다녔다. 로봇이 손으로 찢은 듯했다. 모스캡은 머그잔을 양손으로 들더니 격식을 차려 덱스에게 건넸다.

"마음에 들기를 바랍니다."

덱스는 머그잔을 조심스레 받아 향을 맡았다. 수증기에서 쌉싸래한 흙냄새가 났다. 유쾌한 냄새는 아니었다. 하지만 상관없었다. 그네가 이 머그잔에 든 차를 찌꺼기까지 다 마시지 않는다는 가능성은 존재하지 않았다. 그네는 한 모금 마시고 입안에서 음미했다.

모스캡이 주의 깊게, 꼼짝 않고서 덱스를 봤다.

"별로입니까?"

"아뇨."

덱스는 거짓말로 대답했다.

모스캡의 어깨가 축 처졌다.

"별로군요, 그렇죠? 아, 미리 물어보는 편이 나았겠지만, 난……."

덱스가 손을 뻗어 로봇의 무릎에 얹으며 부드럽게 말했다.

"모스캡. 이렇게 좋은 차가 몇 년 만인지 모르겠어요."

그 말에는 거짓이 없었다.

로봇의 표정이 밝아졌고, 내부 하드웨어 돌아가는 소리가 줄어들었다.

"그럼, 이제 어떻게 합니까?"

그것이 작은 소리로 물었다.

덱스도 속삭이듯 대답했다.

“이제 내가 차를 즐기도록 내버려 둬 주세요.”

둘은 소리 없이 앉아서 불씨가 깜빡이는 모습을 보면서 땔감이 툭툭 터지는 소리를 들었다. 바깥의 햇빛이 다시 어두워지기 시작했지만 이제는 두려워할 것이 없었다. 빛이 사라지자 난롯불이 더욱 밝아질 뿐이었다.

덱스는 모스캡이 끓인 차를 마저 꿋꿋이 마셨고 이따금 입에서 줄기 조각을 골라내느라 멈췄다. 그리고 그 줄기를 난로에 던지고 양손을 모아 빈 머그잔을 편안히 얹어 두었다.

“우드랜드는 아름다워요.”

그네가 한참 만에 말했다.

“하지만 길을 찾아다니기는 까다롭죠. 그곳 마을은 지도 없이는 찾아갈 수 없어요. 리버랜드는 조금 유별나요. 예술가들이 많죠. 이상한 점도 있지만 마음에 들 거예요.”

그네는 타지 않은 장작을 불 속에 깊이 밀어 넣었다.

“코스트랜드 사람들이 당신을 어떻게 생각할지 진심으로 모르겠어요. 그곳 사람들은 대체로 우주론자고 기술에 대해 이상하게 반응하거든요. 당신을 쫓아내거나 하진 않겠지만 모르겠어요. 깊숙이 들어가기 어려울 수 있어요. 슈러브랜드와 시티에서는…… 여러 가지 일이 일어나요. 거기선 재미있게 지낼 것 같네요."

모스캡은 예상했다는 듯 담담히 고개를 끄덕이며 경청했다.

"그럼 고속도로는 이동하기 쉽습니까?"

"아, 그렇죠. 이곳 도로와는 달라요. 자전거를 타기에 편해요."

덱스는 모스캡의 발쪽으로 고갯짓을 했다.

"걷는 것도 마찬가지겠죠."

"다행입니다."

모스캡은 보통의, 적당한 표정으로 무릎에 양손을 포개 놓았다.

"잘된 것 같습니다."

덱스는 치아 사이에서 끈질기게 빠지지 않는 찻잎을 혀로 밀어냈다. 양손을 비비고 불 쪽으로 손바닥을 내밀어 쏟아져 나오는 온기를 느끼면서 신에게 감사했다.

"먼저 스텀프에 들러야 할 것 같아요. 거기에 좋은 욕장이 있는데, 몸을 푹 담그고 싶거든요."

덱스는 모스캡 쪽을 보지 않았지만, 모스캡이 자신을 향해 서서히 고개를 돌리며 눈을 반짝이고 있다는 것을 알 수 있었다.

덱스가 슬쩍 미소 지으며 머그잔을 내밀었다.

"한 잔 더 받을 수 있을까요?"

로봇이 차를 따랐다. 덱스 수도자는 마셨다. 바깥 대자연 속에서 해가 졌고 귀뚜라미들이 노래하기 시작했다.

〈2권에서 계속〉

옮긴이 | 이나경

이화여자대학교 물리학과를 졸업하고 서울대학교 영문학과에서 르네상스 로맨스를 연구해 박사학위를 받았다. 현재 전문 번역가로 일하고 있다. 옮긴 책으로는 『메리, 마리아, 마틸다』, 『어쌔신 크리드: 르네상스』, 『어쌔신 크리드: 브라더후드』, 『불타 버린 세계』, 『세상의 모든 딸들』(전2권), 『애프터 유』, 『로그 메일』, 『세이디』, 『프랑켄슈타인』, 『너의 집이 대가를 치를 것이다』, 『길고 빛나는 강』, 『떠도는 별의 유령들』, 『부기맨을 찾아서』 등이 있다.

수도승과 로봇 시리즈 01

야생 조립체에 바치는 찬가

1판 1쇄 찍음 2024년 5월 3일
1판 1쇄 펴냄 2024년 5월 10일

지은이 | 베키 체임버스
옮긴이 | 이나경
발행인 | 박근섭
편집인 | 김준혁
책임편집 | 정미리
펴낸곳 | 황금가지

출판등록 | 2009. 10. 8 (제2009-000273호)
주소 | 135-887 서울 강남구 신사동 506 강남출판문화센터 5층
전화 | 영업부 515-2000 편집부 3446-8774 팩시밀리 515-2007
홈페이지 | www.goldenbough.co.kr

도서 파본 등의 이유로 반송이 필요할 경우에는 구매처에서 교환하시고
출판사 교환이 필요할 경우에는 아래 주소로 반송 사유를 적어 도서와 함께 보내주세요.
06027 서울 강남구 도산대로 1길 62 강남출판문화센터 6층 민음인 마케팅부

© 황금가지, 2024. Printed in Seoul, Korea
ISBN 979-11-7052-367-3 04840(1권)
ISBN 979-11-7052-369-7 04840(set)

㈜민음인은 민음사 출판 그룹의 자회사입니다.
황금가지는 ㈜민음인의 픽션 전문 출간 브랜드입니다.